タクミくんシリーズ

フェアリーテイル

おとぎ話

ごとうしのぶ

12732

角川ルビー文庫

フェアリーテイル

FAIRY TALE

おとぎ記

Contents

口絵・本文イラスト／おおや和美

デートのセオリー

THEORY OF DATE

予備校へ通うのに、過保護な親にプリペイドの携帯電話を持たされた、と、不満げに電話が掛かってきたのは、夏休みに入ってすぐのことだった。

「小学生が学習塾に通うわけじゃないんだぞ、まったく勘弁してもらいたいよな」

「それはそうですけど、みんな携帯を持ちたがるのに、どうして不満なんスかアラタさん？」

真行寺《しんぎょうじ》の疑問は尤《もっと》もで、校則で禁止されているのだからと母は携帯を買ってくれず、話のわかる父親がこっそり用意してくれたのに、普段はいらないでしょうと、これまた勘の鋭い母親に気づかれて没収されてしまった真行寺にとっては、ウラヤマシイことこの上なしの話であった。

「管理されてるようでイヤなんだよ」

三洲新《みすあらた》はうんざりと、「どこにいても捕まえてやると言われてるようでさ」

おお！　いつでもどこでもアラタさんが捕まえられるなんて、なんてうっとりなんだ！

という、真行寺兼満《かねみつ》のタダレタ恋心はさておき、

「でも便利っすよ、やっぱり」

待ち合わせの必需品だし。

「とにかく、電話番号教えるから」

「えっ？　俺に教えてくれるんスか？」

「知りたくないなら無理にとは言わないよ」

「知りたいです知りたいです知りたいです！」

むきになって真行寺が言うと、さすがに三洲は苦笑して、

「メモしろよ」

と、十一桁《けた》の番号を告げた。

「ありがとうございます！」

嬉しい。

三洲の電話番号をメモした紙を眺めているだけで、ドキドキする。

この番号に電話すると、漏れなくそこに、アラタさんがいる。アラタさんと、繋《つな》がってる。

――この人のことだから必ずしも電話に出てくれるとは限らないが。……カナシイ。

「あ、俺の携帯の番号も」

真行寺は手帳に記しておいた電話番号を伝えると、「でもこれ、掛けても普段は繋がんないんスけど」

恥を忍んで、打ち明けた。

「繋がらない？」

「俺の携帯、母親がどこかに隠してるんスよ、電源落として」

「ふふん、真行寺に持たせると無駄な使い方ばかりすると思われてるんだ」

「多分……」

「信用ないなあ、真行寺」

三洲が笑う、愉快そうに。

笑われたら逆に、気が楽になった。

「ちっとは息子のこと、信じてくれてもいいっスよねー」

好きな人にカッコ悪いところなんか見られたくないけど、や、三洲には最初からカッコ悪いところばかり見られてるから、だから余計に、これ以上はイヤなのだが、でも思い切って恥を晒《さら》してみたら、見栄《みえ》を張りたい気持ちがひょっこり消えて、そんなこんなで、とても気持ちがラクになった。

「それは日頃の行いの問題だから、俺にはなんとも言えないな」

「アラタさあん」

とは言え、少しくらいは俺のこと、庇《かば》ってくれてもいいじゃないですかあ。

真行寺の心の叫びが聞こえたのかは定かでないが、

「でもまあ、母親の留守に家探ししたりしないところが、お前の良いところかな」

「えっ？　い、今の、俺のこと、褒《ほ》めてくれたっスか？」

「どうとでも。それで？」

「――は？」

「は？　じゃないだろ。なんだ、俺に会いたくないのか」

「ややややや会いたいです！　できれば毎日だって会いたいっス！」

ああ、三洲との会話は難しい。「って言うか、アラタさんの予定はどうなんスか？　いつ頃なら、会えますか？」

「再来週の月曜日」

「俺も大丈夫っス！」

真行寺は即座に返答した。

というか、三洲にどの日を指定されてもいいように、この夏休みはまるきり予定を入れてないのだ。ひとつ屋根の下、引き続き家庭内別居中の父や母がしつこく（しかも個別に）旅行に誘うのだが、それも断り続けていた。

再来週まで長いけど、アラタさんはそれまで毎日遊んでいるわけじゃなくて、毎日たくさん勉強しなくちゃならなくて、大変なんだから、二週間近くも会えなくて寂しいとか、つまらないとか、文句は言わない。我慢する。——が、ああ、それにつけても二週間……。

やっぱり長いよ。

「どこかで映画を観るとか、そんなものでいいんだろ」

三洲が素っ気ないのはいつものことだが、

「……アラタさん、その言い方、愛がなさ過ぎ」

真行寺のカナシミに追い打ちがかかる。

「実際ないんだから、文句を言うな」

「そりゃそうですけど、容赦ないっスもん、アラタさんてば」

「ウルサイよ。なら、どんなデートがしたいんだ」

怒ったように訊き返されて、

「や、あの、どんなもこんなも、特には……」

いきなり腰が引けた真行寺は返答に弱った。

「いまさら遠慮することはないだろう。いいから言ってみろ」

案の定、意地悪モード全開だ。

「や、ないです、特には、ないです」

「何度も言わせるな、真行寺」

「はい！　えっと、あー……、ごくごく普通の、デートらしいデート、……っすか？」

三洲の機嫌を損ねないよう気を遣ってばかりいる、ドキドキハラハラの緊張感溢れるデートではなく、こう、イチャイチャほのぼのっとした、そういうデートを、一度でいいからしてみたい。——という詳細までは、とてもじゃないが三洲には言えない！

「ほお」

呆れたような相槌に、真行寺は途端に後悔した。

勢いで、つい本音を口にしてしまったけれど、

『俺とのデートは人並みに劣ると、そう言いたいんだな、真行寺』

予想するのも簡単な、三洲のリアクション。

だが真行寺の恐れに反して、

「わかったよ」

三洲はすんなり頷くと、「それで、待ち合わせの場所はどこにする？　渋谷のハチ公前か？」

と、訊《き》いた。

確かに、ごくごく普通な定番な待ち合わせ場所ですが、

（……コワ過ぎです、アラタさん）

真行寺は心の中で泣きながら、今回もきっと、ドキドキハラハラなんだろうなと覚悟を決めた。

が、しかし。

「待たせて済まなかったな、真行寺」

待ち合わせの十時に、ほんの数分遅れただけなのに、微笑み付きで謝罪され、おまけに腕まで取ってくれる。――ここは天国？　それとも地獄？

「あの時のシャツ、ちゃんと着て来たんだ」

「あ、は、はい」

三洲が気に入っていたから、似合う似合わない以前にもうそれだけで、このシャツは真行寺にとって、めちゃくちゃ特別になっていた。

三洲は柔らかな生地に触れると、

「やっぱりいいな、これ。——それで、真行寺、どこかに寄るのか？　それとも——」

三洲は意味深に言葉を区切って、「——まっすぐお前の家に行くのか？」

両親共働きで、学生は夏休みでも、本日、世間はただの八月の平日で、ひとりっ子の真行寺の家には、もちろん誰もいないのである。三洲が真行寺の家へ遊びに来てくれるのはこれが初めてではないけれど、何度か来てくれたけど、広い家でふたりきり、なのに一度も許してくれたことがない。

今回だって、だから『今度こそ！』の下心があってそうしたわけではないのだが、どうもその辺りは、そっち方向に誤解されてるらしい。

「どうするんだ、真行寺？　ん？」

誘われているような艶っぽい眼差しで見上げられ、真行寺の心臓は瞬時にバクバク忙しくなる。

ううう、怖いよ怖いよアラタさんっ！

本当に誘われているのか、真行寺がその気になった途端、ヒラリと躱《かわ》される、三洲の得意のパターンに持っていかれるのか、未熟な真行寺には、とんとわからない。

しかも読みを外したら、間違いなく三洲は不機嫌になって、最悪の場合、真行寺の家へ着く前に帰られてしまうかもしれないのだ。

どうすればいいのだーっ！

心の中で叫びつつ、真行寺もにっこり笑顔を（必死で）作ると、臆する気持ちをぎゅっぎゅと隅に押し遣《や》り、

「アラタさん、またしても、朝ごはん、抜いてませんか？」

と訊いた。

「なんだよ、いきなり」

三洲は軽く目を細めると、「まさか見てたんじゃないんだろうな」

笑ったよ！

どうしよう！　どうしてこの人、今日はこんなに機嫌がいいんだ!?

「見てました」

真行寺の冗談に、三洲はまた笑う。

「食べずに済むなら、朝からなんて、いらないよ」

「でも健康には良くないんスよ、朝食抜きって」

食べることにさして興味のない、三洲。

反対に、

「歩く健康体だもんな、真行寺は」

良く食べ良く飲み良く眠る。「寝穢《いぎたな》いくらいにな」

「どう言われても、不健康よりはいいんですー」

「然様《さよう》で」

からかうように返したが、三洲は仕方ないなと眉を上げ、「わかったよ、遅めの朝食、もしくは早めの昼食につきあうよ」

またしても、素直である。

うおうおうお！　怖いよ怖いよ、この後、どんなどんでん返しが!?

真行寺は心底ビクつきながらも、

「暑いから、やっぱ、冷やし中華とか冷たい物がいいっスよね？」

表面上は飽《あ》くまで笑顔のまま、三洲をエスコートするように歩き出した。


ハチ公前で待ち合わせして、そのまま渋谷でデート。でも楽しいだろうが、いかんせん、人が多くてどこも混んでて、しかも、

「ちっともイチャイチャできないじゃん」

人目も憚《はばか》らずに路上でキスを仕掛けるような感覚や発想も、幸か不幸か（?）微塵《みじん》も持ち合わせていない真行寺にとっては、却って不自由なデートになりそうで、楽しいどころか、むしろストレスが溜まりそうで、だからせっかくの定番デートコースだけれど、やめておいた。

「へえ、随分《ずいぶん》と新しいマンションが増えたんだね」

私鉄の駅から真行寺の家へ向かう道々、周囲の景色を眺めながら、三洲が言う。

「うん、この辺一帯、最近住宅ラッシュなんだって」

「へえ」

「新しい店も増えたんだよ。いろいろ」

「ふうん」

さして興味もなさそうに相槌を打つ三洲に、

「見たい店とかありますか?」

と訊こうとしていた気がそがれる。

そうこうしている間に、家へ着いてしまった。

――いいんだろうか、本当に。

「なんだ真行寺、ぼーっと突っ立ってないで、玄関の鍵を開けろよ」

「あ、はい!」

本当に、いいんだろうか……。

これじゃまるで、エッチだけが目的のようではないか。

や、したいのは、それはそうだが、そうじゃなくて！

「アラタさん？」

玄関でさっさと靴を脱ぎ、

「お邪魔します」

誰もいない空間へそれでも挨拶《あいさつ》をして、勝手知ったる真行寺の家、真行寺の部屋へ、三洲が向かう。

「アラタさんてば」

一応玄関の内鍵を閉め、――や、防犯上、大事なので。それから真行寺は、慌てて三洲の後を追う。

「暑いな」

真行寺の部屋に入るなり、窓を閉め切った室内の温度の高さにむっと眉を寄せた三洲は、

「真行寺、窓を開けるか？　それとも、エアコンをかけるか？」

と、訊く。

窓を開けたら、声が外に聞こえてしまうかも。

咄嗟《とっさ》に考えた自分に赤面した。――だから、それが目的なわけじゃないんだってば！

正直に言おう。イチャイチャほのぼのの中にそれが入ってなかったわけではない。けれど、俺ン家遊《ち》びに来ませんか？　と誘った時点で、潔《いさぎよ》くそれは外したのだ。だって、この部屋でだけではない。祠堂《しどう》にいる時も、寮の真行寺の部屋ででも、三洲は一度も許してくれたことがないのだ。――三洲のベッドでは、したことあるけど。

理由は知らない。とても、訊けない。でも、理由はともかく、真行寺のベッドでは、三洲は許してくれないのだ。

なのに。

「窓を開けないんなら、エアコン、かけろよ」

言いながら、三洲はシャツのボタンを外してゆく。

「アラタさん？」

「なんだ、脱がして欲しいのか？」

「違いますって！」

思いっきり否定してから、真行寺は慌てて口を閉じた。

「ならなんだ」

「よく、わかんないんスけど」

「なにがだよ」

——なにもかも。

「だって、いつもイヤがるじゃないですか」

お前のベッドでする気はない。

何度も明言されているのに。

「したくないのか」

「そうじゃなくて！」

「したくないんだな？」

「したいです！」

「なら、文句を言うな」

ううう、なんで、どうして、こうなるのだ？

三洲の細長い指が、ふと真行寺の襟元《えりもと》に伸ばされる。

「アラタさん？」

「この服なら、脱がしてやってもいいかと思ったんだよ」

「え？」

言うなり、器用な動きで、ひとつずつ、シャツのボタンを外してゆく。

「――アラタさん……？」

「最後の夏だからな」

思い出のひとつくらい、残してもいいだろう。


珍しく早く帰宅した真行寺の母親に摑《つか》まって、明日も朝から予備校があるのであまり遅くならないうちに帰るつもりでいた三洲だが、真行寺に対してはどこまでも辛辣《しんらつ》でいられるのに、その真行寺の母親へは持ち前の外面の良さが発揮され、不本意ながら、一泊することになってしまった。

今日一日、別人のようににこやかだった三洲なれど、ここにきて、さすがに、さぞかし不機嫌なんだろうなと、三洲を部屋に残し、先に（本日二度目の入浴なのだが、つい夕方、入ったばかりなのだが、母親の手前）風呂を使ってビクビクしながら部屋に戻ってみると、三洲はベッドで熟睡していた。

「まだ九時前なのに」

どんなに無理をしていても、三洲は一切顔に出さないから気づかなかったが、相当、勉強で疲れているんだろうな。

寝穢いのは真行寺の担当で、エッチの後でうっかり寝てしまうのも真行寺の方で、いつでも三洲は凛《りん》として、風のように立ち去るのだ。

その彼が、真行寺のベッドで熟睡している。

「頑張るからなあ、アラタさん」

夕食前に部屋着に着替えてもらっておいて、良かったよ。

洋服のまま寝ていたら、皺《しわ》だらけになってしまう。――三洲の私服は、真行寺のお気に入りである。真行寺はやっと一枚、三洲に気に入ってもらえる服ができたが、三洲の服は、どれも真行寺のお気に入りなのである。

フローリングの床へ、来客用の布団が敷かれているのだが、

「アラタさん、窮屈《きゅうくつ》かな」

一緒に寝たら、狭いだろうか。と、一度は布団に入ったものの、やっぱり真行寺はベッドで寝ることにした。

俺がベッドを使うから、お前は下で寝ろ。とは、言われなかった。真行寺なら、言われなくとも当然そうするだろう（そうするべき！）と三洲が考えて、さっさとベッドで寝てしまった可能性がないわけではないけれど、そうじゃない、かも、しれない。

起こさないよう気をつけて、三洲の身体をそうっと壁側にずらして、手前にゆっくり身体を並べた。

だって。

もしかして、真行寺と会うために、無理して時間、作ってくれたのかもしれない。

『最後の夏だし』

そうかも、しれない。

「そうだと、いいな……」

なんとなく、感じていることがある。

この人は、風のように生きていきたいんだろうなと。

「携帯嫌いなのも、そのせいだよな、きっと」

誰にも捕らわれたくなくて、囚われたくなくて、写真が嫌いなのも、徒党を組むのが嫌なのも、痕跡《こんせき》を残したがらないのも、きっと、いつでもどこへでも行きたい時に行けるような、そういう生き方がしたいから、なんだろう。

「だから、自分のベッドでは許してくれるのに、俺のベッドじゃダメなんだよな」

痕跡を残されるのはかまわないが、それが真行寺であれ誰であれ、自分の痕跡を、残り香や思い出を、濃く残してゆくのは嫌なんだろう。

だって、絶対思い出す。いつか三洲の残り香が消えてしまっても、ここで横になる度《たび》に、絶対に思い出す、ここでの、彼を。

それが、イヤなんだろうな。——なのに。

「——スッゲ」

どういう心境の変化なのか、それもやっぱり真行寺にはわからないが、訊けないが、嬉しさに涙が出てきた。

好きだと、言われたことはない。

沢《ま》して、お前が特別だなどと、天地が引っ繰り返っても、言われることはないだろう。——ないけれど、

「特別な思い出を、作ってもらった」

普通のありきたりなデートじゃなくて、特別な、二度とないかもしれないデートを、三洲は許してくれた。

どうしよう……。

「ダメじゃん！　俺、メチャクチャ惚《ほ》れ直しちゃったじゃん！」

眠りを妨げないよう、ちいさくちいさく、真行寺は叫ぶ。

三洲が許してくれる限り、ずっと、ずーっと好きでいよう。

許されなくても好きだけど、多分、側にはいられないから。

それでもって、ああ、どうか、

「贅沢《ぜいたく》言ってごめんなさい。でもどうか、夏休み中に、せめてもう一度くらいは（エッチできなくてもいいから！）アラタさんに会えますように！」

ぐっすりと眠る三洲の横顔に、ちいさくちいさく、願いを込めた。

フェアリーテイル

FAIRY TALE

その電話がギイの携帯に掛かってきたのは、階段長という役務上の都合で、一学期の終業式や退寮式が終わっても数日帰省できないギイにつきあって、ぼくも帰省を翌日に（とはいえ、一日くらいしかつきあえないけど）遅らせた退寮日の夜、ほとんど人気のない学生寮の、ギイのゼロ番、３００号室の彼のベッドの上で、久しぶりの逢瀬《おうせ》を堪能《たんのう》しようと、ギイがパジャマの上を脱ぎ掛けた、まさしくその時だった。

「しまった。サイレントにするの、忘れてた」

ヤバイとばかり、咄嗟《とっさ》にギイがぼくを見る。

以前、この展開でぼくの機嫌を損ねた前科があるギイは、呼び出し続ける携帯を横目に、肚《はら》をくくったようにパジャマを脱ぐと、ストンと床へ落とし、

「託生《たくみ》……」

ぼくに顔を寄せてきた。

「別にいいのに」

その鼻先へ、ぼくは言う。

「へ？」

ギイはキョトンと訊《き》き返す。

「いいよ、ギイ、電話に出れば？」

あの件に関しては、ぼくも狭量《きょうりょう》だったかな、と、後で反省したりしたのだ。

神妙な表情《かお》でぼくの目を覗《のぞ》き込んだギイは、

「それ、新手の罠《わな》か？」

失礼なことを言う。

「違うよ、ギイに罠を掛けるなんて、そんな面倒なことしないよ」

そもそも、そんなことをして逆襲されても復讐されても、ぼくに勝ち目なんかこれっぽっちもありはしない。

とても現役高校生とは思えぬほど世知に長《た》けた切れ者で、そんな恋人を持てたことは自慢でもあるが、まあ、彼を頼りとする人が多いのも、これまた仕方のないことなのである。

「そうか？　いいのか？」

「いいよ」

「後で不機嫌になったりしないんだな？」

「しないって」

「本当に？」

「疑うなあ。そんなこんなしてる間に、電話、切れちゃうよ」

「……では、ありがたく」

感謝を述べながらも、まだ疑わしげにぼくを眺めつつ、ギイはベッドを降りると、上半身裸のまま、机の上の携帯を手に取った。

既に留守番機能に切り替わっていた電話へ途中から出たギイは、ぼくに背中を向けると、

「あ、こんばんは」

やけに改まった声を出し、ちいさな声でなにやらひそひそと話し始めた。

そうして、どれくらい経《た》ったのか、込み入った話なのであろうことは、会話の長さとギイの深刻そうな後ろ姿からなんとなく察しがついていたので、ぼくは聞き耳を立てなくても済むように（だって、手持ち無沙汰《ぶさた》だとその気もないのに会話が気になったりするではないか）近くにあった雑誌を眺めて気を紛らわし、兼、時間潰しをしていたのだが、電話を切ってベッドに戻って来たギイは、

「あのさあ託生、悪いんだけど」

遠慮がちに切り出した。

「まさか、これからここに人が来るから帰ってくれとか、言わないよね!」

さすがにそこまで、ものわかり良くはなれないかも。

「言わないよ」

誰が来るんだよ、こんな日のこんな時間に。と、笑ったギイは、「お前、冗談のセンス、ちょっとレベルアップしたよな」

冗談? あれ?

そんなつもりじゃなかったけれど、そっちに誤解されたのなら、まあいいや。

「じゃなくて、悪いんだけどさ、託生、夏休みの計画、変更してもいいか?」

沈んだトーンに、ギクリとする。

「う。——い、いいけど」

ゴールデンウィークに久しぶりにワタナベ荘で再会した佐智《さち》さんから、今年も母親のマリコさんの誕生日を祝うコンサートへ招待をいただいたのをこれ幸いと、コンサート当日の八月十三日から遡《さかのぼ》ること一週間前から、ギイと、会場である井上《いのうえ》家の伊豆の別荘に伺《うかが》う予定だったのだが、「や、でも、あんまり本番ギリギリとかに、行きたくないか、な」

緊張するのだ、あの雰囲気。できるだけ早めに行って慣れたいところなのだがしかし、ギイの都合を優先するのが、ここはやはり筋だろう。

　寂しいけどっ！

「違うって、託生」

　お前、発想がいっつも謙虚だよな。と目を細めたギイは、「その反対。もうちょい前から、オレの道行きにつきあってもらえないかな」

　フランスとのクォーターで、アメリカ育ちの、間違いなくバリバリの外国人であるギイは、けれど時々純粋日本人のぼく以上に味わい深い日本語を使う。

　みちゆき、の響きに、くらりとした。が。

「あー、でもそんなに長く出掛けてると、お前のお袋さんの不興を買うかな」

「……多分。でも――」

　予定より長くギイといられる嬉しさだけでなく、ギイとふたりの『みちゆき』は、他のどんな誘いよりも今のぼくには魅惑的だ。「でも、ごめんギイ、母がどうこうじゃなくて、もう予定が入ってるんだ」

「いつから」

「八月のあたまから三日間、あれこれと」

　ギイと佐智さんの別荘に行く予定が七日からだったから、それより前ならと、バイオリンの練習があるので遠出は無理だが、両親ともだが、利久《としひさ》や他の数少ない友人たちとの、ちょっとした用事を組んでいた。

「キャンセルしろよ」

「なんでだよ」

命令するなよ、こんないきなり。

「八月四日に、知り合いの婚約披露《ひろう》パーティーがあるんだが、託生には、それにつきあってもらいたいんだよ」

「なんでギイの知り合いの婚約披露パーティーに、ぼくがつきあわなけりゃならないんだよ。さっきの電話の内容って、そのことだったんだ」

「違うよ、別件。正直、誘う気はなかったんだ、ついさっきまでは。でも、ああ確かにきっかけは今の電話かな。電話の相手には申し訳ないが、話してる最中にふと、まるきり別の事を考え始めたりすることってないか？」

「――そりゃ、あるけど」

相手の一言が何かを連想させる引き金となって、会話の内容とはまるきり違うのに、頭の中でそれについてあれこれ考えを巡らせてしまう、ということが、ないわけではないけれど。

「電話を切る頃には、そのふとした思いつきが必然になってたんだよ。これは是非とも託生を誘わないと、ってな」

「だからって説得されたりしないんだからな。そもそもパーティーが四日なら、その前の予定をキャンセルしなくたってかまわないじゃないか」

「少し場所が遠いのと、向こうには八月一日から行ってないとならないからだよ」

「三日も前から？　まさか、パーティーの準備の手伝いをしないとならない、とか、言わないよね」

「言わないよ。オレたちなんかが手伝っても、いるだけ邪魔だろ」

「あのさあギイ」

　これが同じ知り合いでも島岡《しまおか》さんとかなら話は全然別だけれど、「基本的な質問するけど、その知り合い、ぼくは会ったことあるの？」

「ない」

　即答したギイに、ぼくはさすがに呆《あき》れてしまった。

「無茶言うなあ。一面識もない人の為《ため》に、どうしてぼくが予定を変えてまで――」

「そいつらがどうとかじゃなくて、つまりオレが、――オレに託生が必要なんだよ」

「え……」

　まずい。今、また、くらりとしてしまった。

冗談のカケラもない表情で、

「オレが、必要なんだ、託生」

「ギイ……」

「ワガママを承知で頼むけど、託生、オレにつきあってくれないか」

ああ、もう。

「な？」

頼むから、そんな、捨てられた仔犬みたいな心細い目をして、ぼくを見ないでくれ。

「……わかったよ」

敵《かな》わないじゃないか、もう。「でもねえ、こんないきなりの無茶なんだから、当然、交通費も食費もなにもかも、ギイが持つんだからな」

全面降伏は嫌だったので、ちょっとしたリベンジのつもりだったのだが、

「もちろん」

二つ返事で請《う》け負《お》ったにっこり笑顔に、ぼくはまたしても読みを外したことに気がついた。

そうでした、いつもケチクサイ、失礼、倹約家《けんやくか》な日常を過ごしている誰かさんなので、ついうっかりしていたけれど、彼はとてつもない家柄の御曹司《おんぞうし》でありました。利久にしろぼくにしろ、普通の一高校生になら通じるイヤガラセも、ギイには痛くも痒《かゆ》くもない要求だったのであ

りました。

やれやれ。

「待ち合わせの時間と場所、改めて連絡するから」

嬉しそうにギイが言う。

「はいはい」

明日、急いでみんなに電話しないと。

「高校生活最後の夏休みに、託生と二週間近くもバカンスできるなんて、幸せだなあ」

それは、そうかも。

卒業したら、ギイが進路をどうするのかわからないけど、だが少なくとも、こんなふうに密接に日々を過ごすなんて、どう考えても不可能だから。

「なんだ、ちっとも嬉しそうじゃないな、託生?」

「そんなことないよ」

「またしてもギイのワガママに強引につきあわされたって、ムッとしてる?」

「違うよ、ギイ」

来年の今頃、ギイではなく、ぼくはどうしているのだろう。まだちゃんと進路を決めていないのに。音大を目指そうかとは思っているが、決心するには至ってないのに。

でも、だからこそ、佐智さんの別荘でのコンサートに向けて、ぼくは本気でバイオリンの練習を（独学だけれど）重ねていた。

「じゃなくて、これはぼくからのワガママだけど、ちゃんとバイオリンの練習ができる所に泊まりたいんだ」

ギイは更に微笑むと、

「了解。遠慮なく練習できる宿を用意しましょう」

「ありがとう」

「こちらこそ。感謝してるから、託生」

ギイはぼくが読みかけていた雑誌をベッドの隅に押し遣《や》ると、ぼくの上へ重く覆《おお》いかぶさってきた。

彼の影がぼくに落ちる。——洗髪を済ませた彼の長い前髪が、流れるようにぼくの額に触れる。

「本当に久しぶりだな。この角度でお前の顔を見るの」

彼の手が、ゆっくりとぼくの頬を撫《な》でる。

何度も、何度も。

「ギイ……」

「今夜は長いからな」

睫毛《まつげ》の先が、吐息で揺れた。「覚悟しろよ、託生」

そしてぼくの口を開かせて、ギイは柔らかな舌先を滑らせた。


打ち寄せる波は音もなく静かで、夢か現《うつつ》か、わからなくなる。

波打ち際で、きみが笑っている。太陽のように。

輝くばかりの生命力に、その圧倒的な眩しさに、またしても、戸惑う。

きみは、なにが本当の仕合せか、わからなくなることはないのだろうか。

昇る朝日の美しさに感動することも仕合せならば、
沈む夕日の切なさに涙することも、仕合せなのかもしれない。

自分の喜びと、誰かの喜びとが等しく嬉しく感じられる瞬間も、仕合せなのかもしれない。

たくさんの、いろんな仕合せがあるのだろう。

けれど、真実、仕合せとは、なんだろう。

きみならば、その答えを知っているのであろうか。


海からの潮風が、譜面台に置かれた楽譜を煽《あお》る。

「おっと」

急いで弓の先でページを押さえ、「んーと、ここは」

ついでに、弓の先で指揮するように、楽譜に書かれたアーティキュレーションの曲線を、なぞるように辿《たど》ってみる。

ここで終わって、同時に始まる。——ワン・ノート。この音は、前のフレーズの終わりの音であると同時に、次のフレーズの始まりの音である。ひとつの音から、終わりと始まり、その両方のニュアンスを導き出さねばならないのだ。

「んー、どうやるんだったかなあ」

終わった印象が強くても、始まる印象が先走っても、よろしくない。

微妙なバランス。

もう何年も前になってしまったが、師事していた頃の須田《すだ》先生のレッスンを、思い出し、思い出し、何度も何度も、楽曲が描くラインを根気強く辿ってゆく。――繰り返しの中から感覚だけで再発見してゆくのだ、正解を。

静かな夏の日の午後、ギイが用意してくれた宿泊先のリゾートホテルは、スタンダードな客室ですら優雅なのに、ホテルより一段高く、更に風光明媚な海に面した小高い丘の上に数軒建つ石造りのコテージは、広くて、流れる時間が穏やかで、じっくりバイオリンの練習をするには申し分のない、――いや、ぼくには勿体《もったい》ないほどの、素晴らしい場所であった。

ぼくには贅沢《ぜいたく》過ぎる空間。だが、ギイにはとても自然であり、やはり、周囲に気兼ねなく練習できるという点で、とてもありがたい場所である。

『夏に、会えるよね？』

ゴールデンウィーク、佐智さんの別荘、ワタナベ荘で佐智さんから誘われた一言は社交辞令でもなんでもなくて、八月十三日にはこの曲を、と後日送られてきた楽譜はなんとっ、サン・サーンスの『序奏とロンドカプリチオーソ』であった！

オソロシイ。

それからぼくは、音符との闘いの日々を過ごしていた。

佐智さんからの楽譜には、丁寧《ていねい》な筆跡で、

『よくコントロールされた情緒過多が理想』

との、短い一言が添えられていた。

でもって、これが、演奏の難しさを更に上乗せしてくださる、悩みの種となったのだ。

「実に簡潔な表現だよなあ」

だから、言葉としては理解できるのだ。

けれど、実行となると、どうしていいか、わからないのだ。

そもそも、よくコントロールされた、という部分、これが難問。どの音ひとつ鳴らすにも、無意識も偶然も無神経も許されないのだ。そして情緒過多。これも、難問。やり過ぎると下品になる。耳障《ざわ》りな演奏になる。だから、もとに返して、よくコントロールされなければならないのである。でもって、それらはつまり、聴く人の感動をコントロールしろと、言われているようなものなのだ。

「だから、まとめの単語が、理想、なんだよな」

そう弾けたら、どんなに素晴らしいか。

加えて、この一言をぼくに伝えることのできる佐智さんは、既にその力を持っているということで。

「これで同い年だなんて、やんなっちゃうよねえ」

天才とは早熟さのことなのだそうだが、ギイはぼくに、

「お前はそんなに早く老《ふ》ける必要はないだろ？」

と、からかい半分で慰《なぐさ》めてくれるのだが、

「凡人はやっぱり、それなりに経験を重ねないと、なにも体得できないよなあ」

託生のバイオリンは悪くないと常日頃から甘い採点をしてくれるギイでも、さすがにぼくのことを天才だとは思っていないらしかった。——当然だけど。

なので、頑張る。

毎日、毎日、頑張った。いや、頑張っている。

「へえ、こんな可愛い子ちゃんが弾いてたんだ」

突然コテージのベランダから声がして、ぼくは、それこそ心底からギョッと身を竦《すく》ませた。

驚きのあまりバイオリンを取り落とすどころか、逆に竿《さお》をぎゅっと握りしめる。

誰だ、というか、このベランダって、確かそのまま海への崖になってるんだよな。どうやって現れたんだ、この人は。

「そんなに固まることないのに」

にこやかに笑いながら、男はベランダの手摺《す》りにひょいと腰掛けて、「泥棒でも強盗でもないよ。悪いことをしに来たわけじゃない。ねえ、今弾いてたの、サン・サーンスの『序奏とロ

ンドカプリチオーソ』だろ？」

人懐こく訊く。

とてもクラシック音楽に興味があるとは思えない外見の男にさらりと言い当てられて、

「あ、そうですけど」

ぼくはちょっと、警戒を解く。——クラシック好きに悪い人は、や、いないわけないけど、やっぱり同じ趣味の人とは、うっかり親近感が生まれるではないか。

「きみ、音大生？」

「や、違います。そういうんじゃ、ないです」

「なら趣味で弾いてんの？　それにしては良い楽器、使ってるよねえ」

「えっ？」

まさか、ぼくなんかが弾いた音色だけで、つまり、楽器の本領を発揮してるとはお世辞にも言い難い、こんなそこそこの音だけ聴いて、これがストラディバリだとわかったのだろうか、この人には。

だとしたら、とんでもない耳をしているぞ。

「あなたも、バイオリン、弾くんですか？」

「まさか」

弾けるように男は笑うと、「そういう風流なことは、俺は担当外だよ。でも、安物かそうでないかくらいは、見た目でなんとなくわかるじゃないか」

「あー……、それは、そうかも、ですね」

佐智さんのアマティを初めて手にした時、ぼくもそれを感じた。人でも物でも本物には、誰語らずとも、力強い存在感がある。

「だろ？　ふうん、そうなんだ、趣味で弾いてるんだ」

にこにこしながら二度三度頷《うなず》いた彼は、「同じ海風でもここの風は乾燥してるから、バイオリンにもそう悪くはないんだろうな」

またしても、玄人《くろうと》クサイことをおっしゃる。

「あの……、本当に、音楽は……」

「やらないって。近くを散歩していたらステキなメロディが聞こえてきたんでね、どんな人が弾いてるか興味が湧いて、それで少しトムソーヤしてみたんだよ」

「崖、登ったんですか？」

「フリークライミングも趣味のひとつなんだ」

ウインクされる。

どこまで本気なのか、今ひとつどころか全然摑《つか》めないぞ、どうしよう。

男は身軽な動作で体を起こすと、

「このホテルにはバカンスで来てるんだろ？」

ベランダの柵を、長い足でひょいと向こう側へ越える。——良かった、帰ってくれるんだ。

「バカンスと言うか、なんと言うか……」

この辺りは有名な観光地なので、そう思われて当然なのだが、ぼくが口籠《ご》もると男は面白そうに、

「わかった、誰かに強引につきあわされたんだ」

「え？」

「図星だろ？」

図星です。でもおかげで、こんなに素晴らしいホテルのコテージの宿泊代も食費もなにもかも、タダです。でもって、さすがにちょっと、心苦しいです。

その時、石の床を近づいて来る足音がして、

「託生？　どうかしたか？」

昨日まで、文字どおり不眠不休で動いていたらしく（そういえば、去年も佐智さんの別荘に来るために、相当な無理をして時間を作ってくれたんだったね、ギイ）昼過ぎにチェックインを済ませてから、続きのベッドルームで泥のように眠り込んでいたギイが、寝ぼけ眼のぼんや

りした風情のまま、壁の陰から現れた。――三年生になってからギイの必須アイテムとなっているタイトな髪形と銀縁のメガネは、今回のバカンスでは外されていた。髪の短さは戻せないとしても、撫でつけずにさらさらにしたままの色素の薄い栗色の髪が、動きにつれて揺れるだけで全体がぐっと砕けた雰囲気になり、いかにもバカンスらしくて、良い。

「よお、相変わらず麗しいね、義一《ぎいち》くん」

男が言う。

おおっと、お知り合いですか⁉

「なにやってらっしゃるんですか、乙哉《おとや》さん」

こんなにアヤシイ構図でありながら、なにがあっても動じないギイは、これまた冷静に男へ尋《たず》ねる。

「見てわかるだろ？　ナンパだよ」

「へえ」

ナンパの一言に、ギイの眉が少し上がった。腕を組み、「暇ですね」

短く言う。

「冗談だって」

不穏な空気を読み取ったのか、勘の良い彼はにっこり笑うと、「典雅なバイオリンの音色に心惹《ひ》かれて、散歩の途中で寄り道しただけさ」

「それはそれは」

ギイは大きく頷くと、腕を組んだまま、「でも次からは、ちゃんとドアからいらしてください」

視線で入り口のドアを示した。

「はいはい。それより、こっちに来てるのに挨拶《あいさつ》なしってのは、寂しいね」

「さっき、着いたばかりです」

疲れの色を隠しもせずに、ギイは溜め息混じりに言う。

「なら、今夜のディナーに誘ってもいいのかな？」

「いいですけど」

「もちろん、そっちの可愛い子ちゃんも一緒にね」

可愛い子ちゃん、の一言に、またしてもギイの目付きが変わる。

男はすかさず、

「ギイが来るとなったら、田上《たがみ》が喜んで腕を揮《ふる》うぞ」

「田上さんはお元気ですか？」

いきなりギイの口調が柔らかくなった。機嫌が良くなった証拠だ。

むむ。——田上さんって、誰？

「元気にしてるよ。俺のせいでこのところ忙しくてたまらないと、毎日文句を言われてる。老人を労《いたわ》れってね」

「まだそんなお年じゃないじゃないですか」

「それ、本人の前で言ってやってくれ」

彼はぼくに視線を移すと、「夕食の後で、なにか弾いてよ」

バイオリンを指さした。

「とっ、とんでもない！　人前で弾けるような、とてもそんな腕じゃありませんっ」

「そんなに謙遜することないのに。良い音だよな、ギイ？」

「そうですね。少なくとも、睡眠の妨げにはなりませんから」

ギイ、それって、褒めてるの、けなしてるの？

「ちいさな曲でいいからさ。たくさんの聴衆が嫌なら、家族には外してもらうから、ダイニングじゃなくて、テラスでワインでも飲みながら、ちょこっとだけ」

「や、でも……」

「いいじゃん託生、人前で弾く機会なんてそうはないんだから、良い練習になるんじゃないのか？」

ギイに促され、

「——それは、そうかも」

ぼくは頷く。

「なら、決定。六時においでよ。積もる話もしたいしさ。じゃあね」

ひらひらっと手を振って、男はベランダから姿を消した。

「ギイ……？」

諸々の説明を求めて彼を呼ぶと、やれやれと肩を竦めたギイは、

「彼が、古舘《ふるだて》乙哉」

「え？　って、婚約披露パーティーの？」

なあるほど、言われてみれば、そんな感じの会話であった。

「じゃ、田上さんて？」

すごく、気になる。彼の何が、いきなりギイの機嫌を良くしたんだろう？

「古舘家別邸の料理長だよ。京懐石からなにから、和食が死ぬほど旨《うま》いんだ」

はいはいはいはい。食いしん坊のギイならでは、でありました。

「別邸って、別荘とは違うの？」

「違うな。——このホテルに来る手前の海沿いに、少し距離を開けてお屋敷がふたつ、並んで

ただろ？　ひとつが古舘家の別邸で、もうひとつが野々宮《ののみや》さんという人の屋敷なんだ」

「そっちは別邸じゃないんだ？」

「野々宮さんは地元の人だから」

「ふうん」

　ギイからの前情報によると、古舘乙哉は二十一歳、もちろんギイの知り合いだけあってかなり大きな企業の社長のひとり息子、である。まだ大学生なれど、先日、養女で同じ屋根の下、ずっと一緒に暮らしていた、みっつ年上の姉の（つまり、血の繋がりは一切ない）古舘良美《よしみ》と婚約した。

「じゃあ別荘と別邸って、どう違うの？」

「さして変わらないケースもあるにはあるけど、基本的には、常に人が住んでるかいないか、かな」

「でも軽井沢のギイん家《ち》の別荘には、いつもフミさんが住んでるじゃないか」

「管理人としてだろ？　そういうんじゃなくてさ、家人の誰かが常にそこにいる、――少なくとも古舘の別邸には画家をしている彼の叔父が、つまり家人を含め常に何人もの人が暮らしているからさ、ほら、本宅と別宅を行ったり来たりの生活、ってのは聞くが、本宅と別荘を行ったり来たりの生活、ってのは、あまり聞かないだろ？」

「う……、うん」

自信なさげに頷く世間知らずのぼくに、

「細かい話はさておき、それより託生、練習が一段落しているようなら、少し砂浜を散歩しないか？」

ギイが話題を変えてくれた。

「いいよ。あれ、でもギイは、泳ぎたいんじゃないのかい？」

スポーツならなんでもござれのギイのことだ、泳ぐの潜るのジェットスキーのと、遊びまくるのかと思っていた。

「そのうちな」

短く応えたギイは、「ああでもまだ日差しが強いか。散歩するのは古館家への移動も兼ねて夕方にして、パニーニでも食べに行くか」

おおっと！　同じ誘いでも、パニーニ限定とは！

「やたら具体的な誘いだね」

つい、ぼくが笑うと、

「このコテージにはコテージ毎《ごと》に、プライベートのちいさなプールがベッドルームの外にひとつずつ付いてるだろ？　ホテルの方には、客室にゆったり囲まれるように三種類のプールがあってさ、そのうちひとつのプールサイドにあるドリンクバーのパニーニが、これまた旨いんだよ。頼んでから出て来るまでにやたら時間を食うんだけどね、それは飲み物のスタッフがオーダーをこなす合間に作るからなんだけど、加えて彼らは食事の方は素人《しろうと》だから、手際が悪いってのもあるんだろうが、その代わり、それはそれは丁寧に作ってくれて、材料費のこととか下手に計算しない素人だから、パンに挟《はさ》む具材もケチらないし、味付けはプロの料理人のレシピに忠実だしで、マジ、穴場なんだな、これが。想像してみろよ託生、作りたてのフレッシュなモッツァレラチーズに、甘くて濃厚な味のドライトマト、摘《つ》みたてのハーブと挽《ひ》きたての黒コショウにエキストラバージンオリーブオイル、それに最高級のバルサミコ酢を少し効《き》かせて、それらをバランス良く混ぜ合わせたものをたっぷりと、歯ごたえのあるむちっとしたパンに挟んで、両面を香ばしく軽くプレス焼きするのさ」

「行く！」

ギイほどの食いしん坊ではないぼくでも、そんな説明をされたら、猛烈に食べてみたくなってしまうよ。「行こう、今すぐ！」

それに、昼前にギイと待ち合わせた先で昼食を済ませていたので、丁度小腹が空いてきたタイミングでもあったのだ。

「よし！」

にっこり笑ったギイは、ぼくの頬へ弾むようなキスをすると、「パニーニ食べ終わったら、腹ごなしにエッチしよう？」

耳元へ悪戯《いたずら》っぽく囁《ささや》いた。

やってられません。

「本番まで、そう時間がないのに、いくらコテージが広くってさほど周囲の迷惑にならないからって、ホテル側との約束で日没以降は練習できないんだから、ぼくの事情だって少しは理解してくれてもいいだろ」

ギイがご機嫌斜めなのは、もちろん、絶品パニーニを食した後の甘い誘いを、ぼくが断固として断ったからである。

「ケーチ」

と子供のように言い捨てて、彼はぼくが練習をしている間どこかへ消えていたのだが、戻って来た時も出て行った時と同じくらい不機嫌そうであった。

「オレとデートする時間だって、永遠ってわけじゃないんだぞ」

「それはわかってるけど、今なにを優先すべきかって問題だろ？」

「オレよりバイオリンか？」

「そうだよ。そもそもねえ、古舘さん家でバイオリンを弾くよう勧めたのギイじゃないか。どんな小曲を弾くんであれ、まったくの予定外なんだから、復習《さら》っておかないわけにいかないだろ」

去年、あの音大生たちの前で、ぶっつけ本番で『アルルの女』を弾いた時の、背中にかいた嫌な汗は、忘れるに忘れられない。「いきなりなんて、もう御免だよ」

「まあな」

ギイは軽く肩を竦めると、「悪かった」

無言で手を差し出し、バイオリンケースを持ってくれる。

「ありがと」

ふたつの意味で。

ホテルの正面玄関から交通量の少ない寂しい感じの県道に出てしばらく歩いていると、海側にそそり立つ岩の崖が途切れて、次に海岸とを隔てる鬱蒼《うっそう》たる原生林が現れた。

「こっちから行こうか」

ギイが言う。

「道がないのに?」

軽井沢でもそうだったけれど、ギイは道なき道(あの時は獣道であったが)に、やたらと詳しい。当然、入り口に目印なんかないのである。ぼくでは入り口すら見つけられそうにないのだが、ギイは正確に入り口を判別できるだけでなく、道標《みちしるべ》もないのに、山や林の中を迷いもせずにゴールへと辿り着いてしまうのだ。一度通れば(通らなくても教えられれば)絶対に忘れない(らしい・ギイ談)という、ケタ外れの記憶力と、動物並に方向感覚のずば抜けた、人間GPSナビゲーションのような男であった。

赤池章三《あかいけしょうぞう》氏曰《いわ》く、ギイとトランプの神経衰弱をやると、本当に神経衰弱してしまうので、やりたくないのだそうだ。

「あいつの記憶力、異常だからな。それでも負けたくなくて必死になって張り合ってると、気づくとこっちだけヘロヘロになっちまってるんだよ」

それは容易に想像がつくので、ぼくもギイとは神経衰弱はやりたくありません。

「ほら」

バイオリンケースを持たない方の手を差し出され、ぼくは素直にギイと手を繋ぐ。

引かれるままに、薄暗い林の、堆積した枯れ葉も少なく、下草もまばらな、ひんやりとしたでこぼこの土の上をゆく。

「このまま海に出られるの？」

前をゆくギイの広い背中に問い掛けると、

「ホテルのプライベートビーチが崖で行き止まりになってるだろ？　絶壁のような岩の岬が海に出っ張ってて、ボートで海を行くとかしないとそれ以上先には進めない。その岩の岬がさっきの岩の崖で、岬を回り込むとまた砂浜になっててさ、砂浜は野々宮さんの屋敷から古舘の家まで続いてて、その先はまた岩場の崖になっちまってるんだけど、岩の岬と岬に挟まれて、まさしくそこは実質ふたつの家のプライベートビーチ状態なわけさ」

「うーん、贅沢だなあ」

「だよな。砂浜部分は個人の資産じゃないからな」

「それを狙ってそこに家を建てたとか？」

「かもな」

笑ったギイは、「こっち」

左にぼくを引いた。

一メートルほどの大きな段差をひらりと先に降りたギイは、バイオリンケースの把手《とって》をフックに似た木の枝を見つけてそこへかけると、両腕を大きく伸ばして、ぼくを抱きしめるように降ろしてくれた。

「お世話になります」

運動音痴で、すみません。

恥じ入るぼくに、

「いやいや、お気になさらずに」

ギイは愉《たの》しそうに言うと、「海岸までずっとこんな感じで続くから、この先が砂浜だと知ってる人は少なくないから挑戦者も多いけど、たいていの人は、途中で諦めて引き返すんだよ。下手すると進退谷《きわ》まるからな。見晴らしは悪いし、まともには下れない。降りるのにはさほど困らなかった段差でも、戻ろうとして登るとなると、難しいからさ。砂浜へ出るには林を抜ければいいだけだけど、そう簡単には抜けさせてもらえない、と」

「それは、ますますプライベートだねえ」

感心してしまう。こんな悪条件だらけな道程《みちのり》を、途中で懲《こ》りもせず、恐れもせず、海まで突っ切ったのは、何歳のギイだろう。

そうしてしばらく冒険を重ね（ギイに何度もお世話になり）、ぼくたちは白くて綺麗な砂浜へ出た。

「はい、到着」

ギイが笑う。「頑張ったじゃん、託生」

「へへへ」

悪路にもケロリとしているギイとは違い、散々手伝ってもらっても、やっぱり息がそれなりに上がっている、ぼく。「――って、ウソだろ……」

確かに砂浜には到着いたしましたが、本当の目的地はここからまだ砂浜をずーっと行った先の、向こうのお屋敷……。

遠いじゃん！

家二軒分、だから、こぢんまりとした砂浜を想像していたのだ。でもこれ、下手すると、ホテルのプライベートビーチより長くないか？

くらり。

ああ。こんな『くらり』は歓迎したくない、ちっとも。

「おんぶがいい？　抱っこにする？」

からかうギイに、

「歩けます」

ぼくは応えた。

少なくとも、こっちは平坦な砂浜なのだ。とんでもない段差はないのだから、普通に歩けば普通に着けるのだ。――湿り気のまったくない、よく乾いた柔らかい砂浜の、足を取られまくりで歩き難いのはともかくも。

「なんて困難だらけの散歩なんだ」

　ぼやくぼくに、

「では、ひと休みするか」

　ギイの示した流木に、ぼくたちは並んで腰を下ろした。

　風が額の汗を涼しく撫でて、気持ち良い。

　透明な美しい青い水が、穏やかに砂浜へ打ち寄せて、目にもとても気持ち良い。

「この海岸はさ、西に面してるから、季節が合えば水平線のど真ん中に、太陽や月が沈むのを拝めるんだよ」

「そうなんだ」

　夏の陽は高いので、もう五時を過ぎているけれど、まだまだ日没の気配はない。

「約束は六時だろ？　ざっと逆算して夕食が七時からだとして、テラスで食べるなら丁度夕日を眺めながらで、いい感じなんだけどな。でもあの時、ダイニングがどうとか言ってたから、夕食は室内か、残念だな」

　ギイの言う、いい感じな海に沈みゆく太陽。の、景色を想像しようとしたが、うまく思い描けない。

「そうだよなあ、考えてみれば、そもそも、沈む夕日をのんびり眺める、なんて、したことないものなあ」

水平線のど真ん中に沈みゆく太陽。――響きだけで、なんてカッコイイのだ。

「祠堂から臨む夕日も、眼下は海でも、かなり右寄りに沈んで行くから、山の稜線《りょうせん》やなにかしらに邪魔されて、中途半端だしな」

「うん。じゃあ、西に面してるってことは、ここからは日の出は見えないってことだよね」

「先に周囲がじんわり明るくなっていって、かなり明るくなった頃に、気づくと後頭部から太陽が出てる」

「後頭部から？」

それ、どういう表現？

「笑うけど託生、ホントにそんな感じなんだって。ハッと空を見上げると、頭上に太陽がいるんだよ」

「よくわかんないけど、つまり、ちゃんとした朝日が見たいなら、東側の海岸に行かないと駄目ってことなんだ」

「ここが半島の南端なら、両方拝めてお得だけどな」

「そうだよねえ」

軽く頷きつつ、「それにしても、こんなに自然の美しさに囲まれて暮らしていたら、他の土地になんか行きたくないよなあ。そうか、それで、さっきの話の続きだけど、乙哉さんは本宅じゃなくて別邸の方へ好んで住んでいるんだね？」

納得、納得。

ってあれ？　でも、ここから通えるような距離に、大学なんてあるのかな？　この辺りには詳しくないのでわからないが、しかも、乙哉さんが通ってる大学って、もう校名は忘れちゃったけど、世間に疎いぼくでも聞き覚えがあったくらいだったから、おそらく都内なのではないかと……。

「オレ、彼が別邸に住んでるなんて言ったか？」

「違うの？　だからここで婚約披露パーティーをするんだろ？」

「まあな、本宅に住んでるなら、普通本宅でするよなあ」

苦笑したギイは、「残念ながら、彼がここに住んでたのは高校の三年間だけかな。中学まで通ってた都内の私立のエスカレーターを蹴って、ここの公立校に入ったんだよ。わざわざ住民票まで移してさ」

話しながらバイオリンを片手に腰を上げたギイに、ぼくも流木から立ち上がった。

「当時、彼の母親は激怒してたね。今までの苦労が水の泡だって」

ぼくを促すように、ギイは普通に歩き始める。

あんまりここでのんびりしていると、約束の時間に間に合わなくなりそうだと言いたいのであろう。

ぼくは黙ってギイの話を聞きながら、慣れた足取りで砂浜をゆくギイの後を、かなり頑張ってついていった。

「激怒する母親とは対照的に、父親がこれまた呑気な人で、乙哉さんは間違いなく父親似だと思うんだが、感覚が大陸的というか豪快でさ、バカではここの公立には入れないんだから大したものだと逆に褒めたんだな。おまけに大学が、エスカレーターに乗っていたら絶対に入れなかったであろう難関に合格したものだから、今となっては母親も手放しさ。うちの息子はやはり賢かったと、大いに自慢にしているよ」

「へえ」

現金だけど、そういうものだよね、きっと。っとっと。

砂浜ってやっぱり、歩き難い！

砂の窪みに足を取られて、バランスを（ちょっとだけ！）崩したぼくの腕を、ひょいと摑んで引き寄せて、

「大丈夫か？」

ギイくんのエスコートは完璧である。

いきなりのギイのアップにドギマギしつつ、

「うん、平気」

ぼくはギイの手を外した。「ありがとう」

「そうか。――ところがだ、奇《く》しくもさっき託生が好んでって言ったけど、それは当たりなんだよ。都内の大学に通うには都内の本宅からが便利でこの上なしなんだが、相当距離があるのに、週末には必ず別邸に帰って来るんだな、あの男は。無論、長期休暇は夏でも冬でもマリンスポーツ三昧《ざんまい》で、べったりこっちに居るんだよ。一時期を除いて、ずっとそんなで、それがまあ、本宅好きな母親の唯一不満なタネでさ。潮風で髪は傷《いた》むしクルマは錆《さ》びるし、シーズンともなればあちこち観光客で溢れかえってうるさいしで、水遊び以外に取り柄のない、別邸のどこがそんなにお気に入りなのか、私にはまるきりわからないわって」

「そこまで気に入ってるから、だからわざわざ、ここで婚約披露パーティーをするんだ？」

「プラス、ここが縁と言うか、ここでの或る出来事がきっかけで、乙哉さんは良美さんと結婚することになったんだよ」

「へえ、おめでたい場所なんだね」

「まあね。これに関してだけは、ふたりが幼い頃からずっと、両親はふたりが結婚することを希望してたからさ、瓢箪《ひょうたん》から駒《こま》ってな感じで喜ばれてるんだろうけど……」

「──けど？」

「良美さんはさ、それはそれは乙哉さんのことが好きだったんだよ。オレが彼らと知り合った頃よりも、もっと以前から、かなり幼い頃からずっと、彼女は乙哉さんに恋していた。ところが乙哉さんは良美さんに対して、そういう感情がまったくなかったんだ。でも、とても仲は良かったよ。乙哉さんは、実の姉のように良美さんを慕ってたからさ」

「そうか、ずっと良美さんの片思いだったんだ」

良美さんの恋する気持ち、それはわからなくはない。

コテージのベランダから突然すらりと登場した彼の姿は、まるで映画のワンシーンを観ているかのようであった。

よく太陽に灼《や》けた黄金色の肌や、きれいに筋肉がついてるしなやかな体軀《たいく》に、やや長髪の髪形も野性味を割増させている、スパイシーな二枚目なのだ。しかもユーモラスな性格で、勘も良ければおまけに相当頭も良いらしい。──間違いなく、家柄の良さだけでなく、単品そのものので、絶対モテる！

「だったら婚約が決まって、幸せだろうね、良美さん」

「だろうな」

「あ……、でさ、婚約するきっかけになるほどの、どんなことがここであったんだい？」

物見高そうで恥ずかしいが、やはり、これは知りたいではないか。——姉という対象としてでしか見られない相手と結婚しようとまで思える、どんな出来事があったのだろうか。

「託生、アンデルセンの人魚姫の物語、知ってるか？」

「知ってるよ」

いくらなんでも、それくらい。

「それっぽい」

「ぽい？　なに、それ」

思わずぼくは吹き出した。「そんな説明、有りなの、ギイ？」

「だからさ、嵐の夜、荒れた海へ落ちて溺《おぼ》れている王子様を人魚姫が助けるのさ。物語と違うのは、人魚姫は声を奪われることもなく、命を救った王子様に心から感謝され、めでたく結婚できるってことかな」

「素晴らしいじゃないか」

「——まあな」

むむむ。

さっきから、どうも婚約に関してギイの反応がかんばしくないような印象を受けるのは、ぼくの気のせいでありましょうか。

「ま、そんなこんなで、ホテルの敷地内もあの男には自分の庭みたいなものなんだよ。崖から突然現れようと、なんら不思議はないってことで」

――そう言えば、

「それでちっとも驚かなかったんだ、ギイ、あの時」

驚くどころか、ああも冷静ならば尚のこと、言うべき一言があったはずだ。

「やりそうだし。あいつ、絶対、確信犯なんだぞ。バイオリンがどうとか理由を付けてたが、オレたちがあのコテージにいると知ってて、入り込んで来たに違いないんだ」

なのにギイは、それにちっとも触れなかった。

「ギイ、敬語になってみたり、あいつ呼ばわりしてみたり、ころころ変わるね」

そもそも、ここに来た目的は、乙哉さんの婚約披露パーティーに出席する為ではないか。

「基本的には幼なじみみたいなものだから」

その乙哉さんに会ったなら、なにはさておき、先《ま》ずは『婚約おめでとう』と、言うべきなのではないのだろうか。

「佐智さんとも、そうだよね」

ぼくの知る限り、友人たちの誰よりも、ギイは礼儀を重んじる男なのだ。いきなり現れた乙哉さんに不快さを感じていたとしても、それでもちゃんと、言うべきことは言う、男なのだ。本来は。

「本当の幼なじみのように、しょっちゅう会えるわけじゃなくても、疎遠になることはなかったからな」

どうしてだろう。

「今でこそ少しは落ち着いたが、あいつがまた暴れん坊将軍で、やると言い出したらもう誰も止められない、かなり熱い男だったんだよ。——それでな」

ギイがぷぷっと思い出し笑いをした。「オレがつけたあいつの仇名が、ソル・ソルジャー。太陽の戦士という意味さ」

言い忘れていたとは思えない。

「カッコイイじゃないか、なんとか戦隊みたいで」

ギイは敢《あ》えて、言わなかったんだ。

「まあな」

婚約おめでとうって。

ギイは笑みを曖昧《あいまい》に消すと、

「ま、子供の頃の話だけどな」

ぼくから視線を外した。

きっと敢えて言わなかったんだ。——そんな気がする。

「今はさすがに、その仇名では呼べない？」

「もう無理だろう。しかも、今それで呼んだら却って喜ばれそうで、オレの方が不本意だよ」

「え？　それって、良い意味じゃなかったの？」

太陽の戦士なのに？

「良いわけないだろ？　暴れん坊将軍だって、褒めてない使い方なんだから」

「へ、へえ」

お茶目な表現だとは思ったけど、なんだ、褒めてないのか。いやいや。

「とにかく奔放《ほんぽう》でさ、やんちゃなあの男を御しきれたのは——」

言いかけて、不意にギイが話題を変えた。「それにしても腹が減ったな。託生、急ごうぜ」

「え？　あ、うん」

いきなり歩みが速くなり、ぼくは慌ててギイを追う。

その時、

「いたたたたた」

突然呻《うめ》いたぼくに、前を歩くギイが立ち止まった。

「どうした託生?」

みっともなくも前屈《かが》みになり、

「サンダルに砂が……」

ふとした拍子に足の裏とサンダルとの隙間にざくっと砂が入って、これまた痛い。

うう、我ながら、カッコ悪過ぎ。

「だったらいっそ脱げばいいじゃんか」

ギイが笑いながら提案した。

どんなに不摂生をしていても健康体な(真行寺もそうであったが、この人もまた基本的に内臓疾患がまるきりないのであろう)ギイは涼しい顔で、きれいなアーチを描く土踏まずを見せながら、サクサク砂浜を歩いてゆく。

ギイが言うのは尤《もっと》もなので、ぼくはサンダルを脱いで裸足になった。

「全然こっちの方がいいね」

と歩き出した途端《とたん》、「いてっ」

なにかを踏んだ。

裸足の時って、どうしてこう、小さなものだと尚のこと、こんなにこんなに痛いのかっ!

うつつつつ、と、痛みを堪えて犯人を手に取ると、それはきらきら光る小さなまあるい貝殻だった。

「うわ、ラッキー」

踏んで良かった。

光沢が虹色で、これはキレイだ。

「それにしても、一口せんべいみたいにまんまるなんて、貝なのに変わった形してるなあ」

そうだ。「お母さんに、お土産に持って帰ろう」

きっと喜んでくれるだろう、こういうの、好きだから。

ぼくはズボンに入れておいたポケットティッシュを一枚取り出し、丁寧に貝殻を包むと、シャツの胸ポケットに滑らせた。

「おい託生、なにやってんだよ、早くしろよ」

いつの間にか遥か前方を行くギイに、大声で呼ばれた。「そんなに道草ばっかり食ってるとな、本当に遅刻しちまうぞ」

「ごめん、ギイ！」

急いで砂浜を走ったぼくは、「いていていて」

砂浜をゆくということは、やはりどうあっても足の裏は痛いものなのだ。――って、情けないぞ、葉山《はやま》託生！

この辺りの建物は大抵そうなのだが、ヨーロッパの地中海沿岸とかに建っていそうな、名前はわからないが、柔らかなトーンの乳白色の石で造られた野々宮邸を通り過ぎ、そこが両家の境目となるのであろう、腰くらいの高さの丸木が組まれた柵が、緩やかな丘状の草地に、丘を斜めに切るように砂浜の近くまで伸びていた。

その丘のてっぺん付近に、柵へ寄り掛かるようにして、男がひとり、立っている。

彼は、一足先に近づいたギイに、

「どうせタフネスを誇るなら、ギイ、手漕《こ》ぎのボートで砂浜から登場すればもっと絵になったのに。さもなけりゃ同じ砂浜を横断するなら、林から出て来た先にせっかく岩場を利用した桟《さん》橋《ばし》があるんだから、モーターボートで颯爽《さっそう》と桟橋へ乗りつけるとかさ」

乙哉さんは、例の人懐こい笑みを浮かべ、「言ってくれたら、貸したのに」

見ると桟橋には、小型のボートが二隻《せき》、係留されていた。

「借りるとなると、却って手間です」

ギイの応えに、

「もちろんホテルのボートでもかまわないよ。まだ後二艘《そう》は、留められる」

乙哉さんは、そのまま浜を屋敷に行かないで、横に逸《そ》れてこっちにおいでよと、ぼくたちを丘の上へ手招きした。

招《よ》ばれて途中まで行きかけて、ギイは立ち止まり、ぼくを振り返る。

「大丈夫か、託生？」

丘は砂地ではないので、上り斜面であろうと、断然歩き易かった！　サンダルを履いても、もう大丈夫だ。

「うん、平気」

それでもギイは、ぼくが追いつくまで待っててくれて、ふたり並んで、

「こんばんは」

「お招きに与《あず》かり、ありがとうございます」

古舘乙哉に挨拶した。

「乙哉さん、改めて紹介します。こちら、温室育ちの葉山託生くんです」

ギイの紹介は憎らしいほど的を射ていた。……くーっ。どうせね、どうせぼくは温室育ちですよ。林を突っ切るのにギイに助けてもらったのはともかくも、たかが砂浜横断如きで、息は上がるの足は痛いのと大騒ぎしましたよ。

「温室育ち？　きみもどこか悪いの？」

自然にそう問いかけて、彼は、あ、と口を開け、「そうか、箱入りってことか」

明るく笑った。

ちっとも箱入りなんかではないけれど、

「託生、古舘乙哉さん」

と、改めてギイに紹介され、こんばんははさっき言ってしまったし、ギイのように咄嗟に気の利《き》いたセリフを思いつくことなどできず、なにを言えばいいのかわからないまま、

「えっと、昼間はその……」

口の中で、もにょもにょ言葉を濁していると、

「遠路はるばる、ようこそ、ギイ、託生くん」

乙哉さんが引き受けてくれた。——ああ、助かった。

この人が意地悪な人じゃなくて、ホントーに良かった。

「それにしても、海からでなければ、普通に玄関から来ればいいのに、なにを好き好んで、わざわざ最も困難な道程を」

乙哉さんが愉快そうに続ける。

ヤハリ。ぼくの惨めな姿を、ずっと見られていましたか、うう。

「乙哉さんこそ、こんな所でなにしてたんですか？　日没には、まだまだ早いですよ」

「食前酒をいただきながらの、夕涼み」

乙哉さんは目の前に赤いビールの缶を掲げると、残りを一気に呷って、いきなり、それをポンと柵の向こう側へ放り投げた。——え!?

びっくりした。

だって、そっちって、隣りの家の敷地じゃありませんか!!

目をまんまるくするぼくに、

「いいから、いいから」

楽しそうに乙哉さんは言い、柵に肱《ひじ》を突いて隣家を眺めた。

まばらな草地を、やけに目立つ赤い缶が、傾斜をぽんぽん弾みながら転がり落ちてゆく。

「託生くん、いきなりだけど、一曲弾いてもらえないかな？」

「はい？」

「バイオリン」

「え？」

今、ここで、ですか？

「そうだ、さっき練習してたサン・サーンス、触りだけでいいから、ちょこっと弾いてよ」

イタズラ小僧のように、目をキラキラさせて乙哉さんが言う。

どうしよう。

弱ってギイを見ると、

「言い出したら聞かないから」

このソル・ソルジャーは。

と、バイオリンケースを渡されてしまった。

ぼくは仕方なく、ケースからバイオリンを出して、調弦する。

ちょこっと、と簡単に言われても、ちょこっと弾くのにもかなり力が要る曲なので、ぼくは両足を開いて少し重心を落とすと、やむを得ず、本気で弾き出した。

隣家の近くまで転がって行った空き缶。やがて、どこからともなくひとりの若い男が飛び出すように現れて、仁王立ちでぼくたちを見上げた。

その迫力に、ぼくは演奏を続けられない。

弓を降ろしたぼくに、だが、続けて弾いてくれ、とは、乙哉さんは言わなかった。

男はしばらくぼくたちを凝視して、やがて、転がっている空き缶に気がついた。

屈んで拾うと、

「おい乙哉！　何度言ったらわかるんだ、こっちへゴミを捨てるな！」

ものすごい大声で怒鳴ってよこした。

「ごきげんよう、今日も元気そうだな、充《みつる》」

どこ吹く風の乙哉さんが優雅に挨拶を返すと、

「大きなお世話だ。お前に俺の健康を気遣われたくないね」

憤慨しながら、拾った缶を手に、男はさっさと屋敷へ戻って行こうとする。

「片付けてくれて、ありがとう」

乙哉さんが悪びれずに続けると、男はこちらを睨《にら》みつけて、

「礼なんかいらないよ。そのうちまとめてそっちに返すから」

屋敷の裏口の脇へ置かれた、同じ赤い缶が一杯入った透明な大判のゴミ袋へ、手の缶を投げつけるように入れた。

「なあ充、お坊ちゃま、やっと退院してきたんだって？」

男は振り返りもしないで、そのまま裏口のドアを開ける。

「今回は長かったな、半年近くになるよな」

ここからでも、男が呆れたようにやれやれと、肩で大きく息を吐《つ》いたのがわかった。

彼はゆっくり振り返ると、

「そんなことより、婚約決まったんだって？　これでお前も年貢の納め時だな」

「あんまり調子、良くないのか」

「だから、お前に体調なんか気遣われたくないと言ってるだろ」

「充じゃない、深窓の令息様のだよ」

「……関係ないだろ」

男は冷ややかな一瞥《いちべつ》をよこすと、今度こそ、裏口を開けて屋敷の中へと消えて行った。

「…………」

男が屋敷内へ消えてゆくのを、それまでのからかい調子はどこへやら、別人のように真剣な眼差しで、乙哉さんはじっと見つめていた。——ぼくたちがいるのを、忘れてしまったかのように。

突然、ハッと意識をぼくたちへ戻した乙哉さんは、

「な、面白いだろ？」

悪戯っぽく、にやりと笑う。

「いつもこんなこと、してるんですか？」

あの男と同じくらい呆れた顔をして、ギイが訊く。

「してないよ。と言っても、信用されないか」

ゴミ袋のあの空き缶の量。

笑った乙哉さんは、

「これみよがしに、ゴミ袋をあんな所へ置くんだよ、イヤミな奴だろ、充って」

「その発言に同意を求めようなんて、ちょっと図々しいですかね」

ひょいと肩を竦めたギイは、「律義《りちぎ》に仕事をこなしている充さんに、申し訳ないと思わないんですか。余計な手間を増やして」

だが責める口調でなく、言う。

「まあね」

乙哉さんは頷きながらも、邪気のない笑顔で、「でもまあ、野々宮家の建物の維持管理や修繕があいつの仕事なんだから、これも仕事のうちってことで」

「やっぱり、ちっとも反省してないんじゃないですか」

ギイはやれやれと首を横に振り、「充さんも、悪い同級生を持ったと、日々嘆《なげ》いているんでしょうねえ」

これみよがしに同情した。

「そんな大袈裟《おおげさ》な」

笑った乙哉さんは、ぼくに向き直り、「ギイだって、きみに相当無理を押しつけてる、ありがた迷惑な友人だよな?」

と訊く。

返事に詰まるぼくに、

「問題をすり替えるなよ」

ギイも笑って、「相変わらず食えないなあ」

乙哉さんを眺めた。

「そうだ託生くん、せっかくバイオリン出してくれたんだから、あっちでもう少し、聴かせてくれよ」

乙哉さんの示した先に、ここからどれくらい距離があるのだろうか、テーブルセットが並べられた古舘家のテラスが見えた。

「いいですけど、また誰か、飛び出して来たりしませんよね？」

あんな形相でいきなり飛び出して来られては、さすがにちょっと、心臓によろしくない。

ぼくが言うと、

「しないって。——面白いなあ、託生くん。アメリカ人みたいな切り返しのジョークを言うんだねえ」

笑いながら、なぜかギイを見る。

むむむ、またしても、本気で質問したことが、冗談と解釈されてしまった。——ホワイ？

まあ、いいんですけどね、むしろ平和だから。

だがしかし。

誰も飛び出して来ないと乙哉さんは笑っていたのに、さっきの男と同じくらい強ばった表情で、突然現れた人がいた。――彼と大きく違っているのは、幽霊でも見たかのような蒼白な表情をしていることだ。

さっきは尻切れトンボになってしまったから、改めてサン・サーンスを、とリクエストされ、弾き始めてどれくらいだろう。

若い女性。小麦色の肌、モデルのようなスラリとした長身の、乙哉さんと同じくアクティブな印象の美人である。――紹介されるまでもなく、古舘良美さんだと、ぴんときた。

乙哉さんに似合っている、というか、顔立ちや全体的な雰囲気がとてもよく似てるので、実の姉弟と言われても信じてしまいそうである。

景色を背にバイオリンを弾くぼくに向かって椅子《いす》に座っているギイや乙哉さんには、屋敷の中の、廊下の角から不意に彼女が現れたことは気づけない。

飛び出して来た彼女は、ぼくを見て一瞬、息を呑み、その場に立ち竦んだが、すぐに物陰へ移動すると、間違いなく初対面にもかかわらず、仇敵でも見るような鋭い眼差しで、ぼくの様子を注意深く、探るように窺《うかが》っていた。

彼女から向けられる視線が痛い。というか、恐い。

――なにかある。

と、ここにきてやっと、やっと！　ぼくにも、ようやく、ギイが婚約披露パーティーにぼくを誘った理由が、わかってきた。

なにかある。

『少し場所が遠いのと、向こうには八月一日から行ってないとならないからだよ』

けれどギイは、今日一日、特になにもしていなかった。

い、い、い、い、い、い、行ってないとならないようなことを、なにもしていなかった。

……なにかある。

無意識に、膝《ひざ》が震えた。

三人の登場に共通していることがある。

昼間の乙哉さんと、あの男と、この良美さんを引き寄せた、バイオリンの音色。――それとも『序奏とロンドカプリチオーソ』が、だろうか。

乙哉さんは背凭《もた》れに深く体を預け、足を組み、腕を組み、瞼《まぶた》を閉じて、じっと聞き耳を立てるようにぼくのバイオリンを聴いていた。その姿は、真剣に演奏を聴いているようにも見えたけど、なにかを深く考え込んでいるようにも、見えたのだ。

時折ギイが、話しかけたそうに乙哉さんを見遣るのだが、それにも気づかず、乙哉さんは視線を低く落としたまま、微動だにしなかった。

『そいつらがどうとかじゃなくて、つまりオレが、――オレに託生が必要なんだよ』

脳裏に浮かぶ、ギイのセリフ。

『オレが、必要なんだ、託生』

いったい、なにを企んでいるのだろう。

ギイ。

今すぐにでも問い質《ただ》したい衝動を堪えながら、ぼくは演奏に集中しようと試みる。

そうして曲を弾き終える頃、気づくと彼女の姿はそこにはなかった。

弾き終わるのと同時に、にこやかな笑顔と共に椅子から立ち上がった乙哉さんに、スタンディングオベーションで拍手をいただいてしまった。

「素晴らしかったよ、託生くん」

たとえそれがお世辞でも、褒められれば嬉しいものだ。

「ありがとうございます」

礼を述べるぼくへ、

「ブラボーとか言われたい？」

ギイがからかう。

「それはやめて、恥ずかしいから」

日本人から言われると、なんだかとっても照れ臭い。ギイは日本人ではないけれど、ぼくがブラボーに弱いのを知っているので、わざとベタに発音するからイヤなのだ。

「ブラボーのどこが恥ずかしいの？」

不思議そうに乙哉さんが訊く。

「えー、なんと言うか……」

あの照れ臭さは、「もしかしたら偏見かもしれないですけど、白人とかの外国人の恋人同士が街中で、こう、通りを歩きながらキスとかしてても、映画みたいでカッコイイなあと思うのに、同じことを日本人がしてると、なんだか妙に見てる方が恥ずかしくなるというか、あの、少なくてもカッコイイ感じはしないというか……」

「要するに、サマにならないことをされると見てる方が照れ臭い、と」

　ギイがさらりとまとめてくださる。

「なら、ブラボーの発音が問題なんだね」

　乙哉さんは頷きながら、「まあ確かに、歌舞伎の合いの手を外国人がやったら、そうはサマにはならないだろうし」

「そうなんですよ！」

　たった一言に、伝統や文化が凝縮されてる。だから、上っ面を撫でたところで、そう簡単にカッコ良くは決まらないのだ。

　発音だけでなく、声を掛けるタイミングだって、重要だし。

「面白いなあ、そんなことまで考えながらバイオリン、弾いてるんだ、託生くん」

「や、普段はそんなこと考えてません。今は、ギイがからかうから」

「ぶらぼー、たくみー」

　これみよがしに、ギイが耳の側で言う。

「だから、やめろって」

「ぶらぼーぶらぼー」

「小学生みたいなことするなあ、ギイ」

乙哉さんはけらけら笑うと、「好きな子に限って、からかったり苛《いじ》めたりしたくなるもんなあ」

懐かしそうに目を細めた。

「乙哉さんって小さい頃、好きな子を苛めたりしてたんですか？」

こんなにフェミニストな感じなのに？

ぼくが訊くと、

「うーん。苛めたかったけど、苛められなかったなあ」

「じゃ、苛めっ子じゃなかったってことじゃないですか」

「違うんだよ、滅多に会えなかったから、どんなにちょっかい出したくても、そうはなかなかできなかったんだよ。なのに、やっとたまに会えるとさ、帽子を隠してみたり、髪を引っ張ってみたり。――好きなら優しくすればいいのに、なんだってあの頃は、わざわざ嫌がることをしちゃうんだろうね」

関心を惹きたくて、こっちを見て欲しくて。

「だって、照れ臭いですよ、好きな相手に正直になるのって」

「確かにね」

大きく頷いた乙哉さんは、「しかも告白するのには、それはそれは勇気が要るよね。好きだって伝えるのに、俺は何年もかかったよ」

「なんか、らしくない感じですけど」

そうかい、ははは。なあんて普通に談笑しつつ、ぼくはふと、気がついた。

幼い良美さんが幼い乙哉さんに片思いしていた頃、その頃、乙哉さんも、他の誰かに片思いしていたということで。

「あれ乙哉さん、好きな子なんか一度もいたことないって、前からずっと、言ってませんでしたっけ？」

ギイが横から口を挟んだ。「いないどころか、告白までしてたんですか？」

乙哉さんはぐるりと周囲を巡《めぐ》らすと、——人影がないのを確認したのか、

「人に訊かれたら、そう答えることにしていたんだよ。好きな人はいないって」

いてもいなくてもかまわなかったのか、「でももう時効だから、かまわないのさ」

あっけらかんと続けた。

「婚約を機に、過去も清算すると」

「清算。ははは、打算的な響きだなあ。でも別に、俺に都合良くってわけじゃないんだぜ」

「ならばついでに訊きますけど、ずっと秘密にしていた好きな人とは告白後、結局、つきあえ

たんですか？」

猪突猛進《ちょとつもうしん》のソル・ソルジャーが、一度や二度の玉砕《ぎょくさい》で、おとなしく引き下がるわけがない。

断られても、相当粘ったに違いない。

質問というより確信めいて、

「だからって、おい、容赦ないなあ」

苦笑しつつも、「そうやってギイは、結婚前の俺に都合の悪い質問をするんだ」

けれど乙哉さんは、質問を嫌がってるふうではなかった。

だが、次の瞬間、ぼくもギイも、内心狼狽《ろうばい》してしまう。

「……なーにやってんだか」

苦笑している乙哉さんの目が、濡れた。

彼は指で目頭を押さえると、

「やばいなあ、今頃託生くんのバイオリンに、じわじわ感動してきちゃったよ」

失礼、と、ぼくたちに背を向けて、足早にどこかへ立ち去った。

どちらともなく、ギイとぼくは顔を見合わせる。

「——どういうことだよ、ギイ」

多少非難めいた口調になってしまったのは、我ながら、やむを得まい。

訊きたいことは、山とあるのだ。

「どこから話せば許してくれる？」

小首を傾げて、甘えたように問われても、

「最初から全部、包み隠さず！」

知らぬ間に巻き添えにされたからには、――しっかり利用されちゃってるからには、疑問の全てが解けないと、なんだかとっても分に合わない！


とはいえ。

仕事があるので父親は婚約披露パーティー当日にここへ来る、ということで、夕食には、乙哉さんの母親と、画家をしている叔父さんと、良美さんとが同席していた。

ギイに詰め寄ったところへ、夕食の用意ができたと呼びに来られてしまったのだ。ダイニングでは既に皆が席に着いていて、――今夜は身内だけで食事をするようなものだからと、晩餐《ばんさん》会《かい》に出てきそうな細ながーいテーブルではなく、結婚式の披露宴会場で使われるような大きな丸いテーブルを皆で囲み、ギイに倣《なら》ってぼくも彼らへ一通りの挨拶をし、どこかへ消えた乙哉さんだけが、それからしばらく経ってから、現れた。

「遅かったのね、どうかしたの?」

良美さんが心配そうに訊くと、

「ちょっと腹具合がね」

おどけて応える乙哉さんに、

「いやね、もう」

良美さんがクスクス笑う。

「食事の席でなんですか、乙哉」

すかさずたしなめる古舘夫人は、ぼくの母より一回りは年上な感じがした。老けて見えるということではなく、一分の隙もない装いは、いかにも立場ある人のご夫人らしいし、単純に、実年齢として、乙哉さんの母親というよりも、おばあちゃんにしてはお若いですね、の方がイメージに近い。

古舘夫人こと、古舘サトさん。

そうだよな、養女がいるということは、結婚してから長いこと、子宝に恵まれなかったということだものな。

それに比べて、叔父さんの若いこと。

父方の叔父ということは、乙哉さんの父親とは相当年の離れた兄弟である。でもって、画家にしておくのは惜しいくらいの、優しげな二枚目だったりする。

古舘京介《きょうすけ》さん。

三十代半ばちょい過ぎということだが、見た目は下手をすると二十代後半な感じで、こんなに年齢不詳なのは、一度も会社勤めなどしたことのない、働かなくても衣食住には困らない、浮世離れした生活を送っているからではないだろうか。

京介さんと良美さんと乙哉さん。叔父と姪、甥、というよりは、三人が顔を並べていると、京介さんが長男で、良美さんが長女で乙哉さんが次男、のように見えるのだ。

売れていてもいなくても、絵画の世界はちんぷんかんぷんなぼくなので、画家として彼がどんな評価を受けているのかは、後でギイに訊くとして、

「すみません、お母さん」

軽く頭を下げた乙哉さんは、「失礼いたしました、皆様」

おどけて続けて、「待たせて済まないね」

次いで、給仕頭に合図をした。

和食の献立に合わせ、やたらと美味な十年ものの梅酒が食前酒として小ぶりのグラスに少しずつ振る舞われ、未成年のギイとぼくもちょこっとだけいただいて、それから最初の料理が運

ばれてくる間、廊下の角からぼくを盗み見ていたことをぼくに気づかれていないと思っているのか、良美さんが一抹の躊躇《ためら》いもなく、

「初めまして、葉山さん。さっきバイオリンを弾いてらしたのは、あなたでしたのね」

と、にこやかにぼくに話し掛けてきた。

「テラスで弾いてもらってたんだよ。良美さんも聴きに降りて来れば良かったのに」

乙哉さんが言うと、

「そうね、残念だったわ。婚約披露パーティーに着るドレスがやっとさっき届けられて、あれこれ整理をしていたものだから。それに、知らなかったし」

「あれ、知らなかった？」

「だって乙哉さん、誘ってくださらなかったじゃないの」

「そうだったかな？　誰かに伝言を頼んだような気がするけどな」

「もういやね、そういう大事なことは、伝言じゃなくて、乙哉さんがちゃんと言いに来てくださらなけりゃ」

それはつまり、伝言は聞いたのだが、乙哉さんが直接誘いに来なかったから聞かなかったも同然の扱いとなったのか、伝言そのものが伝わっていないということなのか。

どちらにしろ、飽《あ》くまで物言いは穏やかなれど、なかなかどうして、譲らない感じの女性で

ある。

それにしても、ぎこちなくならないよう努力しているのは、どうもぼくだけのようで、

「葉山さんはいつから、バイオリンを習ってらっしゃるの？」

彼女は普通に話しかけてくる。

初対面のぼくとは違い、彼らと旧知の間柄であるギイは、古舘夫人と京介叔父と乙哉さんの三人と、なにやら楽しそうに談笑している。

「そもそもさ、僕はそんなに仰々しいことはしなくていいと言ったんだが、母と彼女が大乗り気でね。女性陣の勢いには、所詮《しょせん》男は敵《かな》わないよ」

乙哉さんのセリフに敏感に反応したのは、やはり良美さんであった。ぼくへの問い掛けをそっちのけにして、素早く乙哉さんへ向き直る。

が、彼女がなにか言おうとする前に、敵わないよとソル・ソルジャーに言わせるだけの存在感ある古舘夫人が、

「あらだって、こちらも随分妥協しているのよ。婚約披露パーティーじゃなくて、いっそ結婚披露にしてしまいたいくらいなのに、まだ学生の分際だから、結婚は大学を卒業してからって乙哉がどうしてもきかないから、仕方なく譲歩してあげてるんじゃないの。仕事もしていないのに結婚は、とか堅苦しいこと言うけれど、そんなこと別にかまわないのにねえ」

収入もなく結婚なんかできないので、責任感ある男の判断としてはむしろ当然というか、普通は大いにかまうと思うのだが、住む世界が違うので、ぼくは異論は唱えない。

それよりも、そっちの世界の住人にしては、乙哉さんの言い分というか感覚は手堅くて、なんだか意外な印象を受けた。

ギイと似ている。

時にはからかいのタネにしちゃったりもするけれど、まだ高校生という身分にしては、お金にしろ物事にしろ、動かせる範囲がケタ違いで、だからこそ、ギイは敢えて十円単位で金銭を大事にしていた。ギイが倹約家であるのには、スケールが大きく振り幅も大きな彼の環境の中で、向こうへ行ったきりにならないよう、感覚が狂ってしまわないよう、常に自分の感性をリセットしている、地道なコントロールの結果なのだ。

「努力家だもんな、ギイ」

慣れは恐いのだと、ギイは言う。

だが、努力に限界があることも知っている、とギイは言う。

どんなに十円にこだわったところで、自分がやがて就《つ》くであろう仕事の世界では、突きつけられる決断は億単位が普通で、その金額の前での十円は、残念ながら無いも等しいと。

ないがしろにしてしまえる金額、だからこそ、気をつけていたい。

「後悔したくないんだよ」

ギイの言わんとするところは、きっと、ぼくが想像するより、ずっとずっと深い意味合いなのだろうが、真の理解は不可能でも、ぼくだって、ギイに後悔して欲しくないと、願うのだ。

好きだから。

後悔であれなんであれ、苦しむ姿は見たくない。

経済バブルはとっくに崩壊してしまったのに、未だバブリー健在な家庭環境にあって、堅実であろうとしている。乙哉さんは、ギイに似ている。

「類は友を呼ぶものなあ」

行動力のある逞《たくま》しさ、も、ふたりは共通していると思う。

力強い存在感が、太陽のように眩しいほどに、人を惹きつけるのだ。

——ますます、そっくりじゃん。

一度決めたらよほどのことがないと訂正してくれない、ギイ。

やると言い出したらもう誰も止められない、熱い男だった乙哉さん。

「ということは、だ」

笑ってしまう。

つまりギイも、ソル・ソルジャーの一隊員ではないか。

「他人《ひと》のことは笑えないね、ギイ」

いや、ぼくも、他人のことは笑えませんが。

「さっきから、なにひとりでニヤニヤしてるんだよ」

胡散《うさん》臭げにギイに声を掛けられて、

「ううん、別に」

ぼくは笑って誤魔化した。

田上料理長の和食を思う存分堪能したギイは上機嫌で、自ら進んで厨房まで行き、もちろんぼくも誘ってくれて、だがギイと料理長の話の花が咲きまくりだったので、ぼくは先に皆が移動しているはずのリビングへ向かった。

その途中、

「葉山さん」

後ろから良美さんに呼び止められる。

彼女はにこやかに、

「リビングに行くんでしょう？　ご一緒してもいいかしら」

と訊かれたところで、ダメとは言えない。

「あ、はい」

「ギイくんは、まだ厨房？」

「はい、えっと、田上さんと盛り上がってて」

「不思議よね、ギイくんて。ナマイキということではなくて、あんなに年長の人と友人のようにつきあえるんですもの」

「あ、そうですね」

それは以前、祠堂で司書をしている中山《なかやま》女史も言っていた。

「大人になってからならともかく、幼い頃に三歳も違ったら、普通はともだちづきあいなんてなかなか成立しないわよね」

「三歳って、あ、ギイと乙哉さんのことですか？」

「ええ、そう」

軽く頷いた良美さんは、「私にしても、ギイくんとは六つも違うのに、彼の身長の高さもあってか、彼がそんなに年下だなんてほとんど意識したことないもの」

そうなのか。

ぼくはギイと同い年なので、むしろ月数だけなら、というか、ぼくは早生まれだから学年は一緒でも生まれた年はひとつ下なので、残念ながら、そういう実感は永遠に味わえない。

「葉山さんは、ギイくんとはどういうご関係？」

「あ、最初にギイが紹介してくれたとおり、祠堂で、高校が一緒なんです」

「祠堂で初めて、知り合ったの？　それ以前は？」

「え、その……」

なんだかやけに立ち入った質問をされてるような気がするけれども、「それ以前は、違います。高校で初めて、知り合ったので」

「そう」

納得したのかしてないのか、「乙哉さんとも、以前は知り合いではなかったの？」

「違います。それも、さっき乙哉さんが話したように、泊まってるホテルで、今日初めてお会いしました」

「初めて会った？」

「はい、初めてです」

ウソをついてるわけではないのに、どうして段々緊張してきたのであろうか、ぼくは。

「ところで葉山さん、お父様はなんのお仕事をしてらっしゃるの？　どちらにお勤め？」

弱ったことに、引き続きの質問攻め。――早くリビングに着いてくれ。

「あ、うちは――」

それでも素直に、うちは普通のサラリーマン家庭なので、と、続けようとした先を、

「良美さん、もしかして託生に、逆ナンですか？」

いつの間に追いついていたのか、からかうようにギイが攫《さら》った。

「きゃっ、びっくりした」

良美さんは心底驚いて、「悪趣味ねギイくん、いきなり声を掛けないで。逆ナンなんて、そんなことするわけないでしょ」

「すみません」

けろりと笑って、「良美さんがあんまり熱心に託生にあれこれ訊いてるんで。――そんなに気になりますか、託生のこと」

「そんなって、違うわよ。だってギイくんのおともだちでしょ？　それも、わたしたちの婚約披露パーティーにギイくんがわざわざ一緒に連れて来るくらいの方ですもの、どこか由緒ある方なのかしらって思ったから」

「良美さんにそんなに気にされると、オレが乙哉さんに睨まれますよ。良美の関心を惹くような、どうしてそんな男を連れて来たって」

「男って……」

良美さんが苦笑する。「でもまだこの子、高校生じゃない」

一人前の男性には、程遠いわよ。

と、暗に明言されたようで、ぼくはこっそり傷ついてしまう。――事実なので、仕方ないのだがっ。

乙哉さんが理想なら、ぼくなんか、間違っても彼女の恋愛対象にはならないだろう。そもそもタイプじゃないそうだし。

そんなことは百も承知のギイなので、さっきの割り込みはぼくを庇《かば》ってくれたことだと、疎いぼくでも気づいていた。

ぼくに気があるわけではないが、ぼくに興味と関心がある。原因は、やはりバイオリンであろうか。

ギイの遠回しな牽制《けんせい》を、

「葉山さん、あなた、お兄さん、いらっしゃる？」

だがものともせずに、良美さんが続けた。

「え？」

――え？

兄のこと?

ひどく当惑したぼくに、

「あら、ごめんなさい、悪い質問だったのかしら?」

すまなさそうな表情を装って、装う下からこっそりと探るような先の視線で、彼女が言う。

どうしよう、混乱してきた。

精神病で、問題を起こし、亡くなった兄のことを、彼女が知っているのであろうか。

「そんなに困らないでね。深い意味はないのよ。あなたに似た雰囲気の方を知ってるから、もしかして、その方の弟さんかしらって、思ったの」

「それ、人違いですよ、良美さん」

ギイが言う。

「人違いって、どうしてあなたにわかるの、義一くん?」

「彼に兄はいましたが、彼がちいさい頃に亡くなってるんですよ。亡くなられるまでずっと入院してたってことですから、良美さんの知り合いとは別人じゃないですか」

「入院してらしたの?」

途端に彼女の眼差しが真剣味を帯び、「どちらの病院に?」

「もちろん、彼の地元の、地方の病院ですよ」

「葉山さんの地元ってどちら？」

「静岡ですね」

「亡くなられたって、何年前？」

「小学校の低学年の頃だそうなので、かれこれ十年前、ですか」

「――そう。なら、違うかしら」

彼女はぼくに向き直ると、「お兄様って、亡くなられたその方だけ？」

「あ、そうです。兄は、ひとりきりです」

「そうなの」

ちいさく頷き、なにかを考えるように口を噤んだ。

ウソを事実に混ぜたギイ。いや、事実にウソを混ぜた、ギイ。

ぼくの忙しない心臓が、喉をカラカラにさせていた。――どうして彼女は、こうもぼくの正体を知りたがるのだ。

「ねえ、いつまでそんな所で立ち話してるんだい」

突然頭上から声が降り、今度はぼくたち三人揃《そろ》ってびっくりした。

階下を見下ろす二階の廊下の手摺《す》りから、乙哉さんが身を乗り出している。

「乙哉さんこそ、いつからそこにいらしたの？」

やや頬を染めて、良美さんが訊いた。僅《わず》かに動揺しているように。

廊下を少し行った先の階段から、軽い足取りでぼくたちの前までやって来た乙哉さんは、

「きみたちが戻るのを待ちくたびれて、母も叔父も、部屋に戻ってしまったよ」

楽しそうに言う。

乙哉さんと良美さん、こうして並ぶと、南の島のカップルのようだ。色黒スレンダーでカッコイイ。

「まあ、どうしましょう」

とんだ粗相を、と、心配する良美さんに、

「気にすることはないさ。母にはパーティーの招待客から当日の問い合わせの電話が入ったところで、叔父は絵の続きが描きたいだけだから」

「ひどいわ、またからかったのね」

甘えたように良美さんが睨むと、

「母がきみに、電話が終わる前に部屋へ来てくれと言ってたよ」

にこやかに乙哉さんが続けた。

「えっ？」

良美さんは更に驚き、「それを先に言ってちょうだい」

ぼくたちに会釈をして、大急ぎで廊下を小走りに去った。

「走るの、速いなあ」

小走りなのに、瞬く間にいなくなってしまった。

素直に感心するぼくに、

「良美さん、スポーツ万能だから」

ギイが言う。

「マリンスポーツなら、なにをやらせても俺に引けを取らないからな」

婚約者自慢かと乙哉さんを見ると、彼は曖昧な表情で、「まだまだ話し足りないけれど、あまり遅くならないうちに、ホテルまで送ろうか？」

とぼくたちに訊いた。


モーターボートが桟橋に戻って来た。

けたたましいエンジンが切られ、静寂が再び周囲を浸す。

西の水平線へ月が沈みかけていた。

海に映る、月から伸びた長く美しい光の帯が、波打ち際まで舌先を届かせている。

だがいつまで経っても、波打ち際を横切る人影はなかった。

ボートは桟橋に係留され、波に上下に揺られている。

木製の桟橋が、ぎぎっと低く軋《きし》む音がする。

波に揺られるボートが、桟橋の周囲に張り巡らされたクッション材替わりのゴム製の古タイヤに、きゅきゅっと当たる音もする。

だが、後は砂浜へ打ち寄せる波の音だけ。

なんの音もしなかった。

どこにも、人影はなかった。

ふたつの屋敷を外から照らす街灯が、暗い砂浜を僅かばかり照らしている。

だがいつまで待っても、砂浜を歩く人影はなかった。

「――ない」

愕然《がくぜん》と、ぼくは呟いた。

バイオリンを弾くぼくのために、万が一でもと指のケガを考え、マリンスポーツはともかくもせっかく海に来たのだからと、ゆったりブランチを摂《と》るついでに、ギイがぼくを、グラスボートに誘ってくれた。――グラスボートならば船の底から色んな魚を眺められ、安全な上に、海に潜ったような気分になれてお得だぞ、と。

気疲れと肉体疲労とで、昨夜、気を利かせて乙哉さんがぼくたちを、わざわざボートでホテルの船着き場まで送ってくれたのにもかかわらず、情けなくも走り始めて数秒で、ぼくは意識が朦朧《もうろう》としていた。

眠くて眠くてたまらなかった。

大袈裟でなく、肉体的にも精神的にもやたらとハードな一日で、疑問だらけの一日で、ギイに訊きたいことがいっぱいあったはずなのに、なにが訊きたいのかも、よくわからなくなっていた。

朦朧としたまま、コテージへの道を歩いた。しっかりギイに手を引かれて。

ドアの鍵を開けて中に入ると、

「託生、せめて着替えろよ」

ギイの声が遠く聞こえた。

ぼくはそれでもちゃんと頷いて、ホテルのパジャマに着替えると、

「そうだ……」

今夜中にやるべきことを思い出し、あれこれ用意しながら、ソファーに座った。

「——ったく、ちっさい子供みたいだよな」

さっきより更に遠く、ギイの声がする。

体が一瞬、羽のように軽くなり、気づいた時にはベッドの上、しかも外は明るかった。

「あり？」

枕元の時計は、もう十一時を回っている。

「あり、じゃないよ」

隣りで添い寝をしていたギイが、「お前がもうちょっと早く目が覚めてたら、一度くらいできたのに」

なにを？　と訊こうとして、やめた。

パニーニの後を断り、昨夜は爆睡、今朝も寝坊となれば、もう。

「おはよう、ギイ」

笑って誤魔化し、ギイに顔を近づけると、

「キスひとつで有耶無耶《うやむや》にする気か？」

それでもちいさくキスしてくれる。

「ごめんね、ギイ」

したくなかったわけじゃないから。

「こら託生、お前可愛い過ぎ！」

いきなりのしかかってきたギイは、「起こさないでください、ボタン、押したくなるじゃないか」

ベッドサイドのドントディスターブのスイッチボタン。

「押せばいいのに」

そうしたら、誰も部屋にはやって来ない。

「エッチしてたら、バイオリンの練習時間、なくなっちまうぞ、いいのか託生？」

「それは、ちょっと、よくないかも」

「だろ？」

いざとなると、実にものわかりの良い恋人は、「腹減った、食事に行こう」

と、ぼくをブランチに誘ったのであった。

そしてブランチの帰り道で、グラスボートに誘われたのだ。

まるきりなにもしないよりはと、軽い気持ちでOKしたが、意外にこれが楽しくて、天然ものなのに餌付けされてる魚たちは船が近づくと我先にとやって来るし、エサを投げれば大騒ぎで、優雅に泳ぐ姿もいいが、エサに向かって大挙する魚の姿も、妙にエキサイティングで楽しかった。

せっかく楽しい気分で戻って来たのに、昨夜やりかけたまま爆睡してしまった片付けの続きをしようとして、ぼくは愕然としたのである。

——確か昨夜、帰ってきてすぐに、朦朧としながらも、どこかで落としたらイヤだからと、チェストの上に置いておいたはずなのに、どこにもあのティッシュの包みがなかった。掃除の済んだ室内は、丁度、チェストの真下にあるゴミ箱の中も空っぽで、知らずぼくは顔面蒼白になる。

……あんなにキレイな貝殻、もうきっと、見つけるの、不可能だ。

ゴミ箱をどかし、チェストの下を覗き込み、ガタガタと探し物をするぼくに、

「どうした、託生？」

バスルームから、歯磨きを済ませたギイが出て来た。

「ギイ、ここにあったティッシュの包み、知らない？」

声が上ずる。

「いや、見てないが」

「砂浜で拾った貝を、包んでおいたんだ」

「ボストンバッグにしまってあるんじゃないのか？」

「まだしまってなかったんだ」

「いいから、一応調べてみろよ」

たかが貝殻ひとつ、こんなに動揺するようなことじゃないのに、どうしてかぼくは、ひどく狼狽えていた。——思う以上に、楽しみにしていたのかもしれない。あれを渡した時の母の反応を。

隅々までバッグの中を調べたが、当然ながら、どこにもなかった。

「……どうしよう」

「そんなに大切なものなのか？」

不思議そうにギイが訊く。「たかが砂浜で拾った貝だろ？」

「そうなんだけど、でも……」

二度と手に入れることのできない物だと気づいた途端、惜しくてたまらなくなったのか、そんなつもりじゃなかったのに、母へのお土産はあれでないとダメなんだと、強く思い込んでしまっているのか、原因は自分でもよくわからないのに、なのにとても動揺していた。

「しようがないな」

ギイは溜め息混じりに小さく笑うと、「外に持って出てないのなら、託生、室内のどこかに絶対あるから」

動揺しくまりのぼくを励ますように、優しくアドバイスしてくれる。

「でもギイ、もしかしたら掃除の時に捨てられちゃったのかもしれない。ティッシュなんかに包んでおいたから、ゴミと間違われて」

「そんなことはないさ。基本的にホテルってのは、ゴミ箱の中身しか掃除の時に持ち去らないんだから。超一流のホテルなら、そのゴミですらしばらく保管してるんだぜ」

「なら、なにかの拍子に、うっかりゴミ箱に落ちちゃったんだ。こういうのって、フロントに訊けばいいのかな」

「ちょっと待て。託生がそれをチェストの上に置いたの、いつだ？」

「昨夜、古舘さんの家から帰って来てから。珍しい貝を拾ったから、ギイに見せたくて。でも見せる前に眠っちゃったし、起きてからはバタバタしてて」

「んー……」

ギイは軽く目を閉じると、「チェストの上にあったのなら、ゴミ箱の中には落ちないよ。既にターンダウンされてるから、客室係の人によってゴミ箱はチェスト下の所定の位置に戻されてるけど、昨夜から、さっき出掛けるまで、ゴミ箱はオレがベッドの脇に運んだままだったんだから」

「……本当？」

「オレの記憶力を信じないのか？」

「信じてます」

ならば、うっかりゴミ箱に落下して、ゴミと一緒に捨てられてしまった可能性は、消えたわけだ。

「だから託生、捨てられてもいないし、持ち出してもいないなら、必ず室内のどこかにあるんだから、落ち着いてもう一度探せよ。オレも手伝うから」

「……ありがとう、ギイ」

こんなに大騒ぎするほどのことじゃないのに、わかってるけど、一度母が喜ぶ顔を思い描いてしまったら、もう訂正がきかなくて、あれ以上の物は見つけられない気がして——。

ギイは、ホテルにチェックインしてから一度も使っていない貴重品ボックスの中まで調べてくれる。——ぼくも、もう一度、荷物をひとつずつ取り出して、じっくり調べた。

「託生、シャツのポケットは？」

「え？」

クローゼットの扉を開けたギイは、

「お前、昨日着てたシャツをさっき、出掛けに一度着かけて、なんかぶつぶつ言ってから、別の、今着てるそれに着替えただろ？」

「……あ」

そうだ、いつまでも胸ポケットに入れておいて落としたらイヤだな、チェストの上に置いておこう。ギイにも見せたいし、と、昨夜そう思って、でも思っただけで、

「ほら」

シャツの胸ポケットから、ギイがティッシュの包みを取り出した。

「あ……」

膝の力が抜けるほど、安堵《あんど》した。

そうだ、そうするつもりで頭の中ではぐるぐる考えてて、でも実際には、このシャツを着て外へ出掛けなければ大丈夫だ、と、そしたら、チェストの上に置いておいて、万が一にでもゴミと間違えられて捨てられたりもしないから、このままそっくりハンガーに掛けておこうと、そうだ、ぼくなりに用意周到に検討して、

「良かったな」

ギイがぼくの手のひらに、ティッシュの包みを届けてくれた。

「ありがとう、ギイ」

　昨夜も今朝も、一所懸命アタマを使った割には、混乱と思い違いで、夢も現もわけわからなくなっていた。

「三遍《さんべん》探して人を疑え、って言うんだっけ？」

「え、なに？」

「ずっと以前、うちへたまにベビーシッターに来てくれていた在米邦人の初老の婦人が、そう教えてくれたんだよ。まだオレが幼稚園児だった頃、大事にしてた超人気で入手困難のゲームソフトが失くなって大騒ぎした時に、誰が盗《と》ったんだろうと迂闊《うかつ》に人を疑う前に、よくよく探してみましょうって、見つかるまで探すのを手伝ってくれたのさ」

「え？　ギイ、幼稚園に通ってたんだ？」

　注目するポイントがずれているのはわかっていたが、

「なんでそんなに意外そうに言うんだ、託生。なんでかちょっと、傷ついたぞ」

「ごめん、だって、ニューヨークにも幼稚園、あるんだ？」

「待て。アメリカに幼稚園がなさそうなのか？　それとも、オレと幼稚園が結びつかないのか？　どっちだ託生」

「ギイと幼稚園」

「ほお。オレには幼稚園は似合わないのか？」

「じゃなくて、ちっちゃいギイが想像つかないんだよ」

幼稚園児のギイって、どんなだったんだろう。「春にニューヨークに行った時、小さい頃のアルバムとか見せてもらえば良かったなあ」

「ま、それどころじゃなかったからな」

そうですね、いろいろあれこれ、ありましたね。

「その節も、大変お世話になりました」

ギイに頭を下げると、

「いやいや、お元気そうで、なによりです」

ギイも頭を下げた。

「…………」

顔を見合わせ、ぷぷぷと笑う。

「脱線したけどさ、元に戻すと、彼女からはそう教えられたけど、でも、今時はそんなふうに誰も言わないからさ、日本の昔のたしなみなのかなと」

「——たしなみ……？」

ああ、そうか。例の『道行き』といい、ギイの日本語が美しいと感じることがあるのは、そういうことなのか。

彼の中では、少し前の奥ゆかしい日本と、現在の日本とが、混在しているのかもしれない。ぼくたちが忘れてしまった、それとも失ってしまったのか、日本の『精神世界の美しさ』みたいなものが、タイムスリップした浦島太郎のように、彼の中では同時に現在進行形で生きているのだ、きっと。

三遍探して、か。

「そういう教えは聞いたことないけど、悪くないよね」

むしろゆとりがあって、いいよなあ。

「だろ?」

微笑むギイは、ぼくがティッシュから取り出した貝殻を指で挟んで受け取ると、「へえ、キレイじゃん」

光に透かした。

「母へのお土産にしようと思うんだけど、まんまるなんて、すごく珍しいよね。ギイ、この貝知ってる?」

「んー?」

ギイは笑顔のままぼくに貝を戻すと、「託生、これ、まんまの貝じゃないよ。貝を使った加工品、ボタンだよ」

「ボタン？　え？」

「ほら」

ぼくの手のひらに載せられた貝の片面を、ギイが指の腹で丁寧にこすると、汚れで黒ずんでいたそこから糸を通す小さな穴が現れた。

——なんだ、それでまんまるだったんだ。

「なあんだ、そうかあ」

「でもキレイには違いないんだから、記念に持って帰ったら？」

ギイが微笑む。

「うん、そうする」

ぼくは改めて、「ありがとう、ギイ」

心から、彼に感謝を述べた。

練習しなくちゃならないのに。

「託生……」

ギイに求められても、拒めない。

昼下がりの、こんな時間に、こんな場所で、こんなことをしていると、ひどく不謹慎《ふきんしん》な気分になる。

無粋な侵入者に邪魔されぬよう、ギイは全ての窓を閉め、カーテンを引き、

「ついでに髪も洗ってやろうか？」

バスルームのシャワーブースで、ぼくをたまらなくさせる。

「――ギ……」

「どうして欲しい？　言えよ、託生」

喘ぐ呼吸で問われても、

「おい、たくみ……？」

声を聞いてるだけで、もうどうにかなりそうで、

「あ……っ！」

ギイの背中にしがみつき、ぼくは鋭く息を止める。

「っとと」

膝から力が抜け落ちて、その場に崩れかけたぼくを掬《すく》い上げるようにきつく抱きしめ、

「まだいくなよ」

ギイにからかうように囁かれても、今はまだ返事ができない。

ただ黙って首を振るぼくに、

「オレもいかせて……？」

甘えるように、ギイがぼくに擦り寄った。

密着する肌が熱い。

「ど、うすれば、いい？」

訊くとギイは嬉しそうに、

「好きにして、託生くん」

一度言ってみたかった、と笑った。

「好きにしていいの、ギイ？」

ぼくが言うと、ギイは驚いたように目を見開き、やがて艶っぽく微笑むと、

「どうしてくれる？」

ぼくを更にきつく抱く。

どうされたいんだろう、ギイ。

でも、なによりも、

「好きだよ、ギイ」

彼の耳元へ口唇を寄せ、想いを告げる。

ギイが好きだよ、誰よりも。

三年になって、寮の部屋がわかれて、クラスも別で滅多にちゃんと会えなくて、だからいつも伝え損なってばかりだけれど、

「好きだよ、すごく」

ギイ。

「ったく、もう」

ギイはぼくを一度はがすと、「朝からずっと思ってたけどな、今日のお前、可愛い過ぎ」

「あ、……ちがっ」

するのはぼくだ。

「……たくみ」

深い吐息が口唇へ零れる。

「ギイ、ぼくが……」

してあげたいのに……っ。

その時、コテージのそこかしこで、ほぼ一斉に電話のベルが鳴り響いた。

もちろんバスルームの中でも、である。

耳障りな音ではないが、

「なんなんだ」

ぼくたちの集中力を妨げるくらいには、邪魔であった。

ギイは苛ついた眼差しで、

「これからだって時に、ったく」

それでもシャワーブースの透明なドアを開けて、バスルーム入り口の電話に出る。

ギイが離れた途端、立っていられずに、ぼくはその場にへたりこんだ。

電話が終わったら、続きはベッドでしようと、ギイに提案しなければ。

ほてった頬を透明なアクリルの壁に押し当てて、見るとはなしに、電話に出ているギイの均整の取れた後ろ姿を眺めた。

「綺麗だよなあ」

豹《ひょう》やチーターのような、縦長のしなやかな筋肉質で。その上、動いても、立ち姿も、「どこもかしこも、カッコイイもんなあ」

これでギイが、乙哉さんぐらい陽に灼けていたら――。

色黒のギイ。

悪くないかも。

現在祠堂で演出中のイギリス貴公子風タイトな髪形と銀縁メガネには似合わないが、バカンス期間限定のサラサラな髪には、

「――すごく、いいかも」

ギイってば、もともと茶髪だし。

そうだ、これも、提案してしまおう。

やがて電話が終わり、なんの気なしにこちらを振り返ったギイは、しゃがみ込んでるぼくに気づくと、にやりと笑った。

「なにしてんだよ、託生」

嬉しそうに近づいて、狭いブースの中、ぼくの真ん前に膝をつく。

この体勢って……。

ドキリとした時にはもう遅く、

「オレ、誘われたからな」

低く囁くなりギイは、ぼくの腰を引き寄せた。

コーヒーの香ばしい匂いで、目が覚めた。

「やば、うたた寝してた」

枕から体を起こすと、時計は午後四時になりつつあった。

ベッドルームからリビングへ行くと、ソファーセットとは別の丸テーブルの方に、ルームサービスのコーヒーが運ばれていた。

「おはよう、託生」

さっぱりとした笑顔で、ギイがぼくを迎えてくれる。

さすが、ギイ。

「コーヒー、頼んでくれたんだ」

ありがとう、と続けようとして、「――カップが三つ？」

ぼくたちは二人。

あれ？

「四時に来客があるんだよ」

「うそっ、誰？」

ぼくはまだ髪もぼさぼさで、顔だって、明らかに、さっきまで寝てました状態なのに。

「なあ託生、ものは相談なんだけど」

焦るぼくに、ギイが言う。

バスルームで慌てて髪を撫でつけながら、

「えっ、なに？」

視線だけ振り返ると、すぐそこにギイが立ってて、びっくりした。

「うわ、なんだよ」

「選択権は託生に渡すから」

やけに真面目な表情で、ギイが言う。

「選択権？」

「日没まで三時間強、今日の練習時間には足りるのか？」

「あ、まあ」

「あまり人に聞かれたくない話をしたいから、待ち合わせをここにしたけど、託生の練習の邪魔はしたくないと思ってるんだ」

「うん」

「託生が練習したいなら、オレたちは場所を移すから。——託生は話に混ざりたい？　それとも練習に集中したい？」

「――あ」

「どうする、託生？」

ギイがじっとぼくを見る。

それはつまり、事の次第を教えてくれるということだね？

「話って、長くなる？」

「さあ、どうかな。一時間で済むかもしれないし、夜中までかかるかもしれないし」

夜中まで、か。――もしそうなったら、今日はもう、バイオリンの練習はできなくなる。

一日休むと、大きいだろうか。

「ここへ、誰が来るの？」

「京介さん。乙哉さんの叔父さんの。折り入って、話したいことがあるんだそうだ」

「でもギイに、だろ？　ぼくが同席してたら、まずいんじゃないの？」

「それはないだろ、ここに来れば託生もいるってわかってて、それでもここでいいと彼は承知したんだからさ」

どうしよう。

「……さっきの電話が、そうなんだ」

「まさか京介さんから連絡があるとは思わなかったんで、正直驚いたけどな。でもオレも、誰からにしろ、話が聞きたいと思ってたから」

「ぼくもだよ、訊きたいことがたくさんある」

——一日休むと、大きいだろうか。

「いいのか、練習？」

「よくないけど」

ぼくもギイを見つめ返し、「でも、混ざる」

友人の婚約を心から祝福できないその理由を、ぼくは知りたい。

利用されてる以上、せめて知りたい。


四時ぴったりに、古舘京介はお土産にと、昨夜の梅酒を小瓶に分けたものを（こっそり）持って現れた。

ギイの喜ぶこと、喜ぶこと。

「夕食は外で済ませてくるかもしれないから、私の分は用意しなくていいと厨房に伝えに行った時に、田上さんがいらしてね、今から義一くんに会うんだと言ったら、ならばとこれをよこしたんだよ」

　昨日の今日ではあるのだが、京介さんは、ぼくに対しても構えたところが全然なくて、――ギイの予想どおり、ぼくが同席していてもかまわないようで、寛《くつろ》いだ雰囲気で、丸テーブルに出されたコーヒーをいただきながら微笑む彼は、小学校の先生が昔の教え子と再会して、その成長ぶりを頼もしく、もしくは誇らしげに見るような、眩しそうな微笑みで、

「本当に義一くんは、田上さんのお気に入りなんだねえ。この梅酒にぞっこんで分けて欲しいと申し出る客人は少なくないのに、量がたくさんないからと、断られるのが常なんだよ」

　と、言った。

「光栄だなあ。――京介さん、田上さんにくれぐれもよろしくお伝えください」

　満面笑顔のギイは、「今夜早速いただこう」いそいそと冷蔵庫へ冷やしに行き、戻って来る時に、いつの間に用意していたのか、ゴージャスなチョコレートの箱を持っていた。

「京介さん、甘い物、お好きでしたよね」

「それ、どこのだい？」

　彼の瞳が輝いた。

「東京の実家の近くにオープンしたてのケーキ屋のです。無名ですけど、悪くないんで」

「義一くんのお薦めなら、間違いはないいね」

そうだよね、ギイくん、なにげにグルメだから。

等々と、ひとしきり和やかな時間を過ごしてから、

「義一くんは、野々宮さんのご子息のことは、知ってるんだよね？」

和やかな空気のまま、京介さんが切り出した。

——野々宮さんて、ああ、古舘さんのお隣りさんだ。

ギイはぼくの顔をチラリと見てから、

「存じてます」

と、頷いた。

京介さんはギイの顔に視線を移し、

「どの程度のことまで、知ってるの？」

静かに訊く。

「野々宮さんのひとり息子の秀一《しゅういち》さんは、乙哉さんの高校の二年先輩で、乙哉さんが小学二年生の頃、京介さんが美術大学の卒業制作で描いた絵が日展で初入選した為に、古舘一族の長兄であり乙哉さんの父親でもある順哉《じゅんや》氏が、絵のモチーフがこの界隈《かいわい》の景色だったので、ならば受賞記念のパーティーは別邸で、と行った際、当時はまだ交流のあった野々宮さんご一家も招かれていて、その席で、乙哉さんは初めて会った秀一さんに一目惚れをし、以降、密かに好き

でいて、秀一さんの近くにいたいが一心で、こっちの高校を受験して、執念実って後輩となった。ことまででしょうか」

「……私より、詳しいね」

低く唸《うな》った京介さんは、「なんだ、間接的にであれ、ふたりの出会いのきっかけを作ったのは私だったのか」

苦笑混じりに呟いた。

そうか！

「それで、休みの度に、別邸に来ていたんだ」

どんなに母親に呆れられても、別邸が好きだから、ではなくて、好きな人のそばにいたかったから。

って、待て、ぼく。

すんごく普通に話してるけど、つまり、乙哉さんも、好きだったのは同性だったということですか!?　――ここでも、ルイトモ？

それにしても、執念実ってって表現は、すごいよなあ。

そうまでして追いかけて、

「それで結局のところ、乙哉さんはずーっと片思いのままだったんですか？」

何年もかかったという告白の方も、実を結んだのであろうか。

ぼくが訊くと、

「この冬のことなんだが――」

記憶を慎重に辿るように、京介さんがゆっくりと話し始めた。「乙哉が海で溺れて、良美のおかげで一命を取り留めたことは、知っている？」

「それがきっかけで、ふたりが婚約となったんですよね。知ってます」

ギイとぼくが頷くのを確認してから、

「あの日はね、朝から海が荒れ気味でね、天候は晴れでも西から低気圧が近づいていて、風も強く、夜に向かってますます波が高くなると天気予報でも言ってたんだよ。救急車の到着を待つ間、こんな日に、しかも夜に、どうして海に出たのかと乙哉に訊くと、夜釣りをしたかった。天気予報のことは知らなかった。と答えたんだ。――言い張った、と言うべきかな」

「本当の理由は、言わなかったんですか」

「頑として。――幸い救助が早かったおかげで、良美のおかげで、乙哉の状態は悪くなかったんだ。救急車で運ばれた病院から、一時間もしないで戻って来られたからね」

「それは、良かったですね」

今更ながら、ギイが安堵の息を吐く。

「まったくだよ」

命の恩人。

「あの、良美さんて、泳ぎも達者なんですよね？」

マリンスポーツなら、なにをやらせても自分に引けを取らないと、乙哉さんが言っていた。

「そうだね。彼女は待つタイプじゃなかったから、学校が休みになるともう即座に、私に本宅まで車で迎えに来てと電話をよこす乙哉にね、習い事が多かった彼女はさすがに便乗はできなかったようなんだが、まとまった時間ができると直ぐにとんで来て、その後はもう、滞在期間中、乙哉の行く所はどこまでも追いかけて、文字どおりくっついて回っていたからね、活発な男の子の遊びにも全部つきあって、結果的に、それはそれはタフに育ったんだよ。とはいえ、いくら良美が泳ぎが得意でも、あの海に飛び込んで乙哉を助けるのは、良美にとっても命懸けだったと思うけれどね」

乙哉さんに片思いだった良美さん。そうやっていつも一緒にいたから、だから乙哉さんは、実の姉のように良美さんを慕っていたんだ。——良美さんの願いとは少し違っていたけれど。

「乙哉が病院から別邸に戻ってすぐに、もう真夜中を過ぎていたかな、そこへ充くんが訪ねて来たんだ」

充さんって、

「あ、乙哉さんの同級生の、野々宮さんの家で働いてる人だ」

「よく知ってるね、託生くん」

驚く京介さんに、

「昨日、ちょっと、境界線で挨拶を」

ギイが横で苦笑する。

「ああ。乙哉？」

「まあ、そうです」

「またか」

そして京介さんも、苦笑する。

「充さんは、なんの用で？」

「表向きは見舞いだったんだが、ただの見舞いなら翌日でかまわないだろ？　もう真夜中を過ぎていたんだし」

「えっ、充さんって、乙哉さんが好きだったんですか⁉」

心配のあまり、駆けつけたってこと⁉

ぼくの問いに、

「違うよ、託生くん」

京介さんは柔らかく否定して、「彼は手紙を持参していた。乙哉は、だが、手紙の表を見るなり激昂《げっこう》してね、封も切らずにそれを暖炉に放ったんだよ」

「読まずに燃やしてしまったんですか？」

ギイが訊く。

「そうなんだ。今更弁解の手紙など要らないと、怒鳴りながら乙哉は充くんを追い出して。あんな時間に届けられた手紙だよ、きっと余程のことが書かれていたと思うんだが、せっかく届けてくれた充くんに労いのひとつも掛けずに、塩を撒く勢いでね」

ああ、それでか。

昨日の乙哉さんと充さんのぎくしゃくとしたやりとりが、なんだかやけに切なく、思い出される。

「その手紙、秀一さんからだったんですね」

ギイの声が、静かに沈んだ。

「充くんを追い返してから、こんな所には一秒もいたくないと、夜明けも待たずに乙哉は良美を連れて本宅に帰ってしまった。乙哉の事故の知らせを受けてた本宅では、義姉が別邸に駆けつけようと準備していたところで、突然帰って来たふたりに、驚くわ喜ぶわ。そしてその夜のうちに、ふたりの婚約が内々に決まったんだよ」

「——ところで、まだ揉《も》めてるんですか、順哉氏と野々宮さん」

ギイの問いに、

「境界線のいざこざは尾を引くね。土地に関しては、揉めると根深い」

京介さんは溜め息を吐いた。「丸太の位置の一センチや二センチ、ずれてたところで大差はないと思うんだが」

「ということは、両家が険悪な中で、充さんは乙哉さんに手紙を届けたと」

「義姉がいたなら、間違いなく門前払いしているな」

「充さんとしても、届けてくれと頼まれた時、困ったでしょうね」

「いくら坊ちゃんの頼みでもね。——手紙だからね、野々宮の名前以外の別の差出人の名前を使って投函すれば、乙哉の手元には届くけど、郵便で配達してもらった方が、それはずっと楽だけど、秀一くんは少しでも早く、そして万に一つの間違いもなく、確実に乙哉に手紙を渡したかったんだろうな。そしてその気持ちを、充くんはちゃんと理解してたんだろうね」

「秀一さん本人は、その時——」

「さあ、どうしていたのかな。無事に乙哉に手紙が渡ることを、ひたすら祈っていたかもしれないよ」

京介さんは、しばらく黙り、やがて、「兄夫婦は、そもそも乙哉と良美を結婚させる気でいたんだ。長い間子供に恵まれず、年齢がかさむにつれもう無理かもしれないと不安になり、それで養子をもらうことにしたんだが、一縷《いちる》の望みは捨てきれなくて、男の子ではなく、知り合いのお嬢さんを、畠中《はたなか》氏の末娘を、養女に迎えることにしたんだよ」

「畠中さんって、順哉氏が懇意にしている？」

「まあつまり、政略結婚ならぬ政略養子縁組だね」

私が役に立たないからな、と、小さく笑った京介さんは、「このまま子供ができなければ良美に良い婿を迎えるし、もしも息子が生まれたなら、その子に良美を嫁がせると、両家でそういう約束ができていて。実の娘ではないけれど義姉は良美が可愛くてね、年下は嫌だとか乙哉本人が気に入らないとか、彼らはたまたま三つしか違わないけれど、あまりに年齢差があり過ぎたりしたら、間違いなく計画は婿取りに変更されてたはずだが、兄夫婦の思惑はさておき、いつからか良美は乙哉に恋していたし、乙哉との結婚を切望していたから、となればこれはもう決定事項とばかり、義姉は乙哉が大学に進んだ頃から良美との結婚話を頻繁《ひんぱん》に口にするようになり、ところが乙哉にはまるきりその気はなくて。――ご存じのとおり、あろうはずがないんだけれどね。義姉が話を持ち出す度に、乙哉は随分と煩《わずら》わしがっていたからね、頑として海に出た理由を話さなかったことといい、私はてっきり、遂《つい》にあの夜、切れた乙哉が秀一くんと駆け落ちを決行するつもりだったのかなと思ったんだよ」

「ありえますよね」

ギイが頷く。「ところが秀一さんは、駆け落ちに現れなかった。だとしたら、話の流れが理解できます」

「それってつまり、ふたりは既に恋人同士だったってこと？」

片思いのままじゃ、駆け落ちなんてできないよね。

「片恋の相手を強引に道連れにするほど、いくらソル・ソルジャーでも、乙哉さんはそんなバカはしないだろう」

ギイが言うと、京介さんが笑った。

「懐かしいなあ、ソル・ソルジャー！」

しかも大受け。「太陽の戦士、ソル・ソルジャー。イカロスならぬイカレタ男だとギイくんが乙哉とからかい合戦で言い合ってた時、そばで聞いてて、乙哉には申し訳ないが、妙に納得してしまったものだよ」

ロウで固めた鳥の羽で、太陽に向かって翔ぼうとした男。

太陽を目指すどころか、そんなんじゃ、そもそも一センチたりと空には飛べない。等という現実的な突っ込みはさておいて、

「どうしてそんなに太陽に焦がれるのかな……」

京介さんが呟いた。

無謀な望みを持つだけでなく、無謀と承知で、どうして行動を起こせるのだろう。猪突猛進な情熱は、どこからやって来るのだろう。

「となると、まさに天国から地獄だな」

ギイが言う。

荒れた海をものともせずに恋人と駆け落ちしようと固く決意していたのに、いくら待っても相手は来ない。来ないどころか自分は海に落ちて溺れて死にそうになり、それを命懸けで良美さんは助けてくれたのだ。彼女に対する感動と感謝の気持ちは、遂に現れなかった愛する人に裏切られた心の傷が深ければ深いほど、大きなものだったに違いない。その夜のうちに婚約が成立したのは、当然だ。

「ということは、現在、乙哉さんは幸せいっぱいってことじゃないですか」

失恋の傷は一夜にして消え、翌日からは婚約者との新たな恋の始まりである。

そういうことだよね、ギイ？

ぼくが眼差しで訊くと、

「オレにはそうは、見えないな」

冷静に、ギイが応えた。

「ぼくにもそうは、見えないよ」

そういうつもりで言ったんじゃない。

今更弁解の手紙など要らない。

激昂して、読みもしないで手紙を燃やしてしまったのに。

『なあ充、お坊ちゃま、やっと退院してきたんだって？』

『今回は長かったな、半年近くになるよな』

『あんまり調子、良くないのか』

『充じゃない、深窓の令息様のだよ』

食い下がるように質問を重ね、

『……関係ないだろ』

だが充さんのその一言で、乙哉さんは口を噤《つぐ》んだ。

自分を裏切った恋人に激昂して、決別して、なのにどうして乙哉さんは、あんなに未練がましいことをしたのだろう。

空き缶を投げ捨てるだけでは足りなくて、充さんをおびき寄せる為に、ぼくにバイオリンを弾かせて。そんな回りくどい遣り方で、どうして秀一さんの様子を探ろうとなんかするのだろう。

「私もおかしいと思っているんだ」

京介さんが改まり、ぼくたちを見る。

つまり、ここからが本題だ。

知らず居ずまいを正すギイとぼくに、

「良美への感激と勢いで婚約を承諾したものの、時間が過ぎて冷静になるにつけ、乙哉の気持ちに、また別の変化があったように思うんだよ」

「それはもしかして、事故以降、別邸から遠ざかってた乙哉さんが、また休みの度に訪れるようになったからですか？」

「そうなんだ。乙哉にとって、ここは踏んだり蹴ったりの場所のはずだろう？　好きな人に裏切られ、溺れて命まで落としかけて。そんな場所を嫌ってめっきり近づかなくなることは、とてもよく理解できるじゃないか。なのに、乙哉は春休みが終わる頃には、またここへ来たんだよ。事故は大学の春休みに入ってすぐの二月の末のことだったから、その間、僅か一ヵ月だ。心の傷を克服して立ち直るにしては、早過ぎると思うんだが」

「……変ですね」

うん、変だ。

「もしかしてっ！」

「なんだよ託生、いきなり叫ぶなよ」

「リベンジ!! 秀一さんに復讐したくて、ここに来てるのかな、乙哉さん。だから秀一さんの様子が知りたいのかな」

「おいおい」

ギイは呆れたように、「よく考えてみよう、託生くん。どんな理由かは置いといて、駆け落ちにはついて行けなかったけれども、もし仮に、秀一さんがまだ乙哉さんのことが好きだとしよう。そうしたら、最大のリベンジは乙哉さんが結婚することだろうが。反対に、秀一さんが乙哉さんのことを既にどうとも思っていないとする。それでも、相手はこの半年近く、ずーっと入院していたんだぞ。楽しい日々を過ごしていたわけじゃない。どう比べたところで、乙哉さんの方がよっぽど幸せだろう」

「――そうだね」

「そもそも、乙哉さんはリベンジなんてする男じゃないよ」

ねちねち復讐を計画したり、実行したり、「彼はソル・ソルジャーなんだから。イカロスならぬイカレタ男なんだから。直情的で、もの凄い勢いで目標にまっすぐに突っ込んで行くんだ。だから周囲はいつも迷惑を被《こうむ》る。思慮の足りなさも否《いな》めない。それでも、裏も表もなくて、いつも気持ちはまっすぐだから、だから彼は、愛されるんだよ」

「……乙哉は、悩んでいるんだろうか」

京介さんが呟いた。

そうだ、ぼくにはすごく、気掛かりなことがあるではないか。

生き証人がいるうちに、訊いてしまおう。

「ぼくと秀一さんて、似てるんですか？」

唐突な質問に、

「なんだ、いきなり」

ギイが呆れる。

「……さあ、どうかな」

京介さんは、真面目に考えてくれた。

「だって、良美さんが、ぼくに雰囲気が似てる人がどうのこうのって、昨日、しつこく」

ぼそぼそ説明していると、

「ああ、探りを入れられてたな」

「良美にかい？」

どうして？　と顔に書いた京介さんへ、

「良美さんは、乙哉さんが秀一さんをずっと好きでいたこと、もしかしたら、ふたりは恋人同士だったかもしれないことを、気づくなり、知ってたり、したんでしょうか?」

反対に、ギイが訊く。

「それについて、良美と話したことはないからな……」

困惑気味に、京介さんは言う。「でも、あれだけ乙哉を追いかけていたら、気づかないわけは、ないだろうな。私にわかるくらいだからね」

「良美さんにとって秀一さんがライバルなら、秀一さんが良美さんに嫌われていても、当然だよね」

ならば、わかる。廊下の陰からこっそりと、まるで仇敵を見るような、ああも鋭い眼差しでじっと様子を窺われていた理由が。

彼女もなにかを感じているのだろうか。だって良美さんは乙哉さんの婚約者で、つまりは恋の勝者で、負け組のぼくたち、うん、ここはひとつ、ぼくたち、ぼくとギイではなく、ぼくと秀一さんに、ああも警戒する必要はないような気がする。

乙哉さんの異変、それが彼女を、不安にさせているのだろうか。

それとも、負け組相手でも敵は敵、どこまでも警戒されてしまうのか。

「でも、似てないよなあ」

良美さんは幻を見ていたんだな、と、勝手に結論づけたギイは、「秀一さんは、だって、小さい頃から礼儀正しくて、おとなしいけどしっかりしてて。ひとりっ子なのになぜか小さい子の世話が上手で、面倒見は良い、素直で優しいとくれば、年長の子は弟のように可愛がるし、年下の子は兄のように慕うしで、この辺りの子たちはみーんな秀一さんが大好きで、花いちもんめとかやると、延々取り合いになるくらいだったんだぜ」

「ギイ、一緒に遊んだこと、あるんだ？」

「何度かね」

「ふうん」

「なんだよ」

「べ、別に」

ギイも、他の子たちと一緒になって、秀一くんが欲しい、とか、言ってたのだろうか。――ううう、想像したくないよう、そんな図は。「秀一さんて、ぼくと違って、友人にモテるタイプだったんだなって、思っただけだよ」

「託生が友人にモテてるかどうかは別として、確かにね、その表現は正しいな。反対に、乙哉さんは傍若無人の暴れん坊で、地元っ子の嫌われ者さ」

「それヘンだよ、愛されてるって、さっき言った」

「さっきのはね、オレに愛されてるって意味なの。オレ限定」

うわうわうわ、やめてくれ。——いつもの、ギイお得意の屁理屈だとわかっているのに、動揺してしまう。

「ま、冗談はさておき、マジで乙哉さんはお山の大将気質だからさ、年齢の近い年上の子とはどうしてもうまくいかなくて、年上相手に平気で威張るから、ぶつかってばかりだったんだ。通っていた私立では、学年単位の横の友達づきあいでトラブルとは無縁だったようだけど、それに素姓がものを言うしね、でも、家柄なんか関係なく、年齢もバラバラなこの辺りの子供たちとは、しょっちゅう揉めていたんだよ」

「それは乙哉が、皆が大好きな秀一くんに、なにかというと意地悪するから、それで余計にこじれてたんだろうね」

そうであった。

それに関しては、乙哉さんが自己申告していたな。

好きな子に限って、からかったり苛めたりしたくなる。

「——あ」

ぼくがギイを見ると、

「なんだよ」

ギイがむっとぼくを見た。

「いや、なんでも」

いいや、からかわれても。

愛だよね、愛。

好きなのに、好きだからこそ、優しくできなくて苛めてしまう。

「でも、会う度に意地悪されてたら、秀一さんは乙哉さんのこと、さすがに好きでは、なかったですよね？」

好かれるどころか、嫌われちゃうよな。

そんなんで、どうやったら恋人同士になれるんだ!?　告白しても、玉砕しそう。

「ところが秀一くんは、ヘソ曲がりな乙哉のことを、どうやらわかってくれてたようでね。さすがに自分が一目惚れされてるとは知らなかったと思うんだが、一緒にいるとなにかにつけて意地悪されるとわかっているのに、長期の休みになると決まって現れ、自分たちの遊びの輪に乙哉が強引に混ざろうとするのを嫌がる仲間へ、みんなともだちなんだから仲良く遊ぼうと、秀一くんは、いつも乙哉を迎え入れてくれてたんだよ」

すごいよ、それは。幼くして、そんなことができるなんて。

ぼくにはできない。

その実好かれているのかも、と、よしんば頭で理解できていたとして、でもやはり、意地悪されれば辛いではないか。——現にぼくは、兄を理解し許すまでに、こんなに年月がかかっているのだ。ギイがいなければ、きっと未だに受け入れられずにいるだろう。

「ところがまた、因果なことに、優しくされると余計に素直になれなかったようなんだけれどもね」

京介さんが苦笑する。「たった二つしか違わないのに、当時はね、秀一くんに比べて、それはそれは乙哉は子供っぽかったな」

認めよう。

告白に何年かかろうと、乙哉さんが惚れ続けてしまったのも、無理ないかも。でもって、幼いギイが、秀一くんが欲しい、と、口にしていたとしても、無理ないことと、許してやろう。

——や、想像すると、やっぱり、妬《や》ける。

あれえ、ぼくってこんなに、独占欲が強かったか!?

がーん。

「そのうちに、乙哉は周りの子供たちともわかりあえて仲良くなれて、その頃には秀一くんに意地悪するようなこともなくなって、やがて学校のウソクサイともだちよりこっちのともだちの方が信用できると言うようになり、遂に、高校はこっちを受験したいと言い出したんだよ」

「へえ」

ギイが意外そうに声を上げる。「秀一さんの存在だけが、受験の動機じゃなかったんですね」

「友人にも恵まれて、おかげで高校生活の三年間は、それはそれは楽しそうだった。ところが、かなり遠いがどうにか通える範囲に私立大学があるんだが、秀一くんがそこに入ったものだから、乙哉もそこを受験すると言い出した時は、さすがに私は止めたけれどね。高校だけならともかくも、大学までともなると、痛くない腹を探られてしまうかもしれないよと」

「それはつまり——？」

「私が薄々気づいていると、もしかしたら乙哉は勘づいていたかもしれないが、私にも、秀一くんのことは打ち明けてはくれなかったからね、はっきりとは言えないまでも、痛くないというのはもちろん反語で、せっかくこれまでうまくやれているのだから、これからもおかしなことは極力しない方がいいと遠回しに言ったらね、なんのことだととぼけてはいたが、でも志望校は変えてくれたよ。乙哉の学力では、その大学はあまりに不自然だったんだ」

「楽勝過ぎということですか」

「そんな最終学歴を与える為に、エスカレーターを降りることを許したわけではないと、激怒されるのが落ちだからね。私にまで、監督不行き届きだと、火の粉が飛んできそうだよ」

京介さんがからりと笑う。「まあ、私が責められるのはよしとしても、秀一くんには、彼からしてもかなりレベルの楽な大学だったんだが、でも彼にはそこへ進む彼なりの理由がちゃんとあったんだ。乙哉のような単純で不純な動機ではなく、今後の人生をちゃんと見据えた、正しい選択だったから、乙哉にも、秀一くんを見倣って、悔いのない、正しい選択をしてもらいたいと思ったんだよ」

「京介さんに暗に釘を刺されて、それで乙哉さんは、大学は都内にしたわけですか」

ギイがふうんと納得する。

なんだか、京介さんこそが、乙哉さんの親のようだな。

「京介さんは、乙哉さんが同性を好きでいることに、反対はしなかったんですか？　どうしてそうまで、協力的なんです」

ギイが訊いた。言われてみれば、尤もな問いだ。

京介さんは、一瞬、考えると、

「可愛い甥っ子、だからかなあ。できるだけ味方でいてあげたいし、それに、どうせ反対したところで、聞き入れるような子じゃないからね。ぶつかって、玉砕したら、その時は慰めてあげればいいかな、と、少し気楽に考えていた部分も、ある。実はね」

「乙哉さんが、心配なんですね？」

「心配だよ。この半年、気づくと思い詰めた目をしている。乙哉はね、叔父の目から見ても、なかなか良い感じの青年に成長したと、思うんだ。それにはね、秀一くんとの恋が、少なからず影響してると、思うんだよ。その事実を、否定しては可哀想で、だから反対しない、のかな？」

そんな、疑問形で訊かれても、ぼくたちも困ってしまいます。

「だからといって、秀一くんとヨリが戻るといいと思っているということではなくて、良美と結婚するにしろ、どうなるにしろ、取り返しのつかない後悔だけは、してもらいたくないと、願っているんだよ」

京介さんが、ぼくたちを見る。「これからも、乙哉のことをよろしく頼むね」

そしてぼくたちに、頭を下げた。

「ひとつスッキリすると、ひとつナゾが増えるよなあ。ねえギイ、駆け落ちしようとしたってことは、やっぱりふたりは両想いだったってことだよね？」

夕食を一緒にと誘ったのだが、この後用事があるからと断られ、ならばせめてと京介さんをホテルのロビーまで見送ってから、ぼくたちはすっかり日没を迎えたものの、さすがホテルの敷地内、向かう方向が方向だけに歩く人影はないのだが、とても明るくきれいな歩道を、コテージへとのんびり戻っていた。

「かもしれないって、全部想定だからな、託生。なにひとつ、確かめてはいないんだから」

慎重なギイは、「だとすれば、全部の辻褄《つじつま》が合うってだけだぞ」

早合点《はやがてん》はやめましょう、と、ぼくに念を押す。

「それにしても、気になるなぁ」

「なにが？」

「乙哉さんと秀一さん、いつ恋人同士になったのかなあ」

「ほほう。随分と下世話になったもんだな、託生」

「いいんだもーん。――って、や、ちっ、違うよギイ。相思相愛っ、ぼくは、気持ちのコトを言ってるんだからねっ」

「オレだって、キモチのこと、言ってるんだよ」

ニヤリと笑う。

しまった。

「げっせわだなあ、託生くん」

笑うなよ、もう！

赤面しつつ、考えた。

「でもさ、どんなに好きでも駆け落ちできないことだって、あるよね」

「ん？」

「秀一さん」

「……かもな。わかんないけど」

「燃やされた手紙には、やむにやまれぬ事情が、書かれていたかもしれないんだよね」

「かもな」

わかんないけど。

繰り返したギイに、

「なんかちょっと、切ないかな」

うん、切ない。「可哀想だよ、秀一さん」

「可哀想？」

「さっきギイが言ってたように、どっちにしても、辛いじゃないか」

未だに好きでも、そうでなくても。「半年近くも入院してたなんて、すごく重い病気だったのかな。ちゃんと治って退院したのかな」

「秀一さんは、病気じゃないよ」

「――え？」

サラリと言われて、ぼくは驚く。「なに、知ってるの、ギイ？」

「事故による意識不明の重体で運ばれてきたんだ。病気じゃない」

「それって、いつ？」

もしかして。

「そうだよ託生、救急車で運ばれた乙哉さんと、ほぼ入れ違う形だよ。タイミング的にはきっと、東京へ戻った乙哉さんが両親に婚約の承諾を報告してた頃じゃないかな」

「なんで知ってるのさ、ギイ。さっきは京介さんに、そのこと言わなかったじゃないか」

「京介さんは知らない方がいいと思ったからだよ」

「じゃあぼくは知っててもいいのかい」

「託生はね」

ギイはひとつ、大きく息を吐くと、「秀一さんが病院を出たのは事実だよ。でも、めでたく退院したわけじゃないんだ」

「……なに、それ」

どういうこと？

「燃やされた手紙の内容は、永遠にわからないってことだよ」

「え……？」

ぼくは、立ち止まる。「……ギイ？」

ギイは黙って、俯いた。

それって、つまり……？

「どういうことだよ、ギイ」

いきなり乙哉さんの声がして、ぼくはギョッと身を竦ませた。

またしても、いきなり現れたよ、この人は。

コテージに続く細長い道。崖とは違い、どんなに通る人影は少なくとも、ホテルの敷地内だけに、道はどこからでも繫がっている。

「乙哉さんこそ、どうしたんですか」

「京介さんがギイに会いにコテージへ行ったと田上から聞いたから、三人へ、夕食を一緒にと誘うつもりで……、ギイ！」

ギイの腕を鷲摑みにして、「今の、どういうことだよ」

乙哉さんは体を震わせ、「俺にわかるように、説明しろよ！」

たまらずギイに怒鳴りつけた。

「言葉どおりです、乙哉さん」

ギイは乙哉さんの手を振り払うと、「あの夜、あなたが燃やしてしまった手紙の内容は、もう誰にもわかりません」

「ギイ……」

「秀一さんがどんな気持ちで手紙を託したのかも、もう、誰にもわかりません」

「ギイ!」

乙哉さんは両耳を塞ぐと、「……やめてくれ」

低く屈んだ。

ギイは乙哉さんを抱え起こすと、

「乙哉さん」

声を改めて、告げた。「ご婚約、おめでとうございます。どうか、末永くお幸せに」

大きく見開かれた乙哉さんの両目から、涙が落ちた。

「……残酷だな、ギイ」

今、それを、言うんだ?

「乙哉さんほどでは」

「俺は……」

「どんなにたくさん缶を投げたところで、もう会えませんから」

――ギイ?

「く……っ！」

缶って、――え？

嗚咽を洩らした乙哉さんは、

「秀一……」

ちいさくちいさく、呟いて、そこへ崩れるように座り込んだ。

「もうこれでおわかりですよね。どうか未練なく、良美さんと結婚なさってください。あなたが決めたとおりに」

「ギイ……！」

さすがに乙哉さんが気の毒で、ぼくが口を挟むと、

「行こう、託生」

ギイは強引にぼくの手を引き、乙哉さんを残して、コテージへの道を大股に歩いた。

缶ってなに？　事故って、どういうこと？

残酷だとか、未練だとか、聞けば聞くほど、ナゾだらけだ。

「どうなってるんだ、もう」

食べに出るのは面倒だ等とギイらしくないセリフを吐き、夕食はルームサービスにしようと熱心にメニューを捲《めく》るギイの脇で、

「ねえ、聞いてる？」

ぼくはギイの頰をつまむ。

「いたたっ。聞いてるよ、託生」

「もうさあ、洗いざらい喋《しゃべ》っちゃってくれないかな。——ね？」

「その前にメニューを決めよう。託生はなにがいいんだ？」

「田上さんの梅酒をストレートで」

「それはダメ」

「メニューなんてどれでもいいから、答えてよ」

「梅酒はダメ、あれは、オレの」

「ギイこそケチじゃないか」

「だから、絡む前にメニューを決めろって。ルームサービスは料理が来るまでそこそこ時間がかかるんだから、オーダーを済ませたら、いくらでも説明するから」

「——わかったよ」

本当だな？　と、胡散臭く眺めてあげて、「じゃ、五目焼きそば」

　ぼくが言うと、

「ちゃんと決めろよ、適当にするな」

　ギイがクレームをつけてよこした。

「ちゃんと決めたよ、適当じゃないよ」

「なら、五目焼きそばだけでいいんだな」

「ギイじゃあるまいし、そういくつも食べられるわけないだろ？」

「とか言って、オレの頼んだのをちょっとずつ全部つまみ食いするのは誰だよ」

「だってそれは、味見してもいいってギイが言うからじゃないか」

「あー、ウルサイウルサイ」

　いきなり、キスされた。

「なっ、なにするんだよっギイ！」

「今から電話でオーダーするから、少し静かにしてろよ、託生」

　言って、彼は電話に向かう。

　一瞬、触れるだけのキスなのに、唐突だから、すごく、動揺。

「あっ、やっぱり、五目支那ソバにする！」

なにが食べたいのかまで、わからなくなっちゃったじゃないか！

「遅いって」

受話器を降ろして振り返ったギイは、「さっきからホントに、わけわかんねー」

勢いつけてぼくに近づき、

「わわっ」

ぼくを肩に担ぎ上げると、そのままベッドに運んでゆく。

「――少し落ち着けよ」

静かにマットレスに降ろされて、ギイはぼくにのしかかる。

その体重が、重いけれど、心地よい。

「ギイ……」

呼ぶと、彼はキスしてくれた。

「ちゃんと全部答えてやるから、なにが知りたいのか、順番に訊けよ」

キスの合間に、ギイが言う。

「うん」

頷いて、でも、

「こら、目を閉じるな」

だって、

「——しようのないヤツ」

苦笑を誘った。

だって、ギイ、

「……たくみ」

この重さに、安心する。

「ほら、口、開けろよ」

この温もりに、安心する。

「おい、誘っておいて逃げるなよ」

笑うギイの、背中を抱く。

奥まで逃げた舌先を、ギイがゆっくりと搦《から》め捕る。——ギイ、

「泣くなよ……」

ギイ。

「お前が泣くことないんだって、託生」

乙哉さんはあれから、どうしただろう。

「すごく、可哀想だった……」

「――そうだな」

ギイはぼくを抱きしめて、「そうだよな」

ひとりごとのように繰り返した。

しばらく無言で抱き合って、やがてギイが、

「電話してくる」

体を起こした。

ぼくも起き上がり、携帯を手にテラスのプールへ出るギイを目で追う。

ギイに訊かなくても、わかったことがある。

「秀一さんて、バイオリン、弾くんだ」

だから皆、音に釣られて現れたんだ。

彼らにとって、あれはただの楽器としてのバイオリンの音ではなく、秀一さんを強く連想させる、無視できない音だったんだ。

「さすがのギイでも、バイオリンは無理だもんな」

ストラディバリまで買って与えた父親の期待を無にするほどに、ちっとも上達しなかったギイのバイオリン。それで弾いても、きっと、効き目はないだろう。

切ないのは、跡だ。

クラシックには無縁そうな乙哉さんがあんなにバイオリン関係に詳しかったのは、恋する秀一さんの影響だ。秀一さんの好きなことを、それが守備範囲でなかったとしても、乙哉さんは必死で追いかけたのだろう。良美さんが乙哉さんを追いかけて、あんなに雰囲気が似ているように。

跡が濃く深いほど、恋心の強さや深さを感じる。

やるせない思いが胸に溢れた。

あぶり出される、いろんなこと。

こうして秘密が露呈されて、——ギイは、どうしたいんだろう。

「乙哉さんのことを、ただ責めたいだけ、とも思えないものな」

ソル・ソルジャーとからかっても、ギイは乙哉さんを認めている。

『さっきのはね、オレに愛されてるって意味なの。オレ限定』

ぼくへのからかいだけでなく、もちろんおかしな意味でもなく、ギイは乙哉さんを友人のひとりとして、とても大切に思っている。

ギイの目的は、なんなんだろう。

電話を終えたギイが、ベッドルームへ戻ってきた。

「託生、食事が済んだら、古舘さんの家へ行こう」

「乙哉さんに、なにかあったの？」

「なにもないよ。本人はまだ帰ってないし、電話があったわけでもない」

「なら、どうして？」

「古舘夫人が、二時間くらいなら、バイオリンの練習をしても差し支えないってさ」

「え？」

「したいんだろ、練習？」

「あ、うん、でも」

こんな時に？

「練習ついでに、パーティーの準備で多少屋敷内はガタガタ落ち着かないけれど、客室の用意はあるから泊まっていきなさいよ、と」

「――ギイ？」

「気になるんだろ、乙哉さんのこと」

「なるけど、さっきあんな別れ方しちゃって、ギイは、いいの？」

顔を合わせ難くない？

「いいんじゃないか？」

「……そう？」

ぼくなら、あんないざこざの直後では、会えません。とてもじゃないけど。

「オーダーして、そろそろ三十分か。もう来るかな」

ギイが言った時、ドアで軽やかな呼び鈴が鳴った。

「ほらな？」

得意げに振り返ったギイは、いそいそとドアを開けに出る。

が、そこにいたのはホテルマンではなかった。

「あれ、京介さん？」

「ギイくん、乙哉となにかあったのかい？」

血相変えた京介さんは、「待ち合わせの相手が、来る途中に通りがかったホテルのコンビニショップで乙哉を見かけたそうなんだが、大量のコーラを買ってたらしい。それこそ、買い占める勢いで」

「コーラですか？　でも乙哉さん、同じ炭酸でもジュースの類いはそんなに好きじゃ……」

言いながら、ギイは、あ、と口を開く。「赤い缶」

京介さんは頷くと、

「行き先はわかるんだが、そんなに大量に、どうするつもりなのか」

「京介さん、今、おひとりですか？」

彼の後ろに人影がない。

「あ、ああ、ひとりだよ」

「待ち合わせた方は？」

ギイの問いに、京介さんはしばらく躊躇《ちゅうちょ》して、だが、

「わかった。——充くんは、野々宮の屋敷に向かったよ。乙哉がなにをするか、わからないからとね」

「——なんだ。なんだそうか、充さんは京介さんが別邸にいたから、それで手紙を届ける勇気が持てたんだ」

「ギイくん」

「違います、下世話な勘ぐりで言ってるわけじゃないです。たとえひとりでも味方がいれば、敵地に乗り込む支えになるじゃないですか」

「まあ、それはそうだが」

「ならば京介さんは、充さんから秀一さんのこと、聞いてるってことですか？」

「いや、充くんと会うのは久しぶりなんだ。地元の寄り合いで、月に一度、挨拶を交わすくらいでね」

「えっ？　寄り合いに、京介さん、わざわざ出席してらしてるんですか？」

「や、私にはここが地元だから。大学を出てからずっと住んでるし、これからも、どこへ移る気もないし。寄り合いに出るのは当然だよ」

「それはまあ、そういうことなら、そうですが」

「……これまでは、秀一くんのことが気になるから様子を知りたいと頼んでも、断られてばかりだったんだが、昨夜、彼から突然連絡があってね、どういう心境の変化か、少しだけなら話してくれると言われたものだから」

「それで今夜一緒に夕食を」

「そうなんだ。せっかくだし、久しぶりだし。——乙哉はきみに、会いに来たんだろう、ギイくん?」

「ええ、来ました。京介さんがオレに会いに行ったと聞いて、ならば皆で夕飯をと誘いに来てくれたんです」

「それで?」

「まあ、経緯はあれですが、話の途中から秀一さんのことになり、野々宮の屋敷に秀一さんはいないから、合図の赤い缶をいくら投げ捨てたところで、密会場所に秀一さんは現れないと、もっと省略してですが、伝えました」

「あそこに彼はいないのかい?」

京介さんは、驚いている。「でもさっきは、そのことを、きみ」

「乙哉さん以外の他の方には、教えるつもりはなかったので。すみません、京介さん」

「そうか、まだ退院できてないのか。——そんなに具合が悪いのかな？」

「京介さん、申し訳ないんですけど、オレたち夕飯まだなんですよ」

「あ、それは失礼したね」

「京介さんも、まだですよね？」

「それは、まだだが、乙哉が気になるので、私は行くよ」

「よろしければ、一緒にいかがですか？」

「いや、そうは呑気にしてられない」

「実は、さっきから後ろに届いてるんです」

「え？」

京介さんから少し後方に、恐縮した様子で、ルームサービスのワゴンを押したホテルマンが、会話が一区切りするのを辛抱強く待っていた。

「食事、もう来ちゃってますし、三人で食べれば、すぐに出られますし」

「つきあってくれるのかい、ギイくん？」

ホッとしたように、京介さんが言う。

「では、決まりですね」

ギイが合図をすると、京介さんと同じくらいホッとした様子で（そこは職業柄、飽くまで顔には出さず）、

「お待たせいたしました」

ホテルマンはにこやかに、ワゴンをコテージに運び入れた。


『赤い缶なら目立つから』

言い出したのは、どちらだろう。

『裏庭の掃除は僕の担当だからね、片付けついでで丁度いいよ』

微笑んでくれたのは、いつだっただろう。

俺が会いたい時はそれでいいけど、秀一は？

訊きかけて、口を噤んだ。

秀一は、俺に会いたくなったり、しないか、そんなに。

学校ででも、会えるしな。――俺がつきまとってる、だけだけど。

『合図はそれでいいけどさ、返事はどうするんだよ』
会いたいよ、秀一。
それは俺からの、一方通行の願いじゃないか。
『別に、なくてもいいだろう？』
確かに、俺の気持ち次第で缶を投げるわけだから、
『来ても来なくても、そりゃ、秀一の都合でいいけど……』
でも、切ない。
『必ず行くから』
え？
『……秀一？』
『遅くなる日もあるかもしれないけど、必ず行くから、待っててくれる？』
だから、返事はなくてもいいだろ？
そうか。
――そうか！
『わかった。朝までも、待ってるから！』
言うと彼はくすぐったそうに笑った。

『だから乙哉くん、約束は、しないでおこう?』
今夜会いたい。それだけにしよう?
『いいけど、毎晩会いたくなったらどうするんだよ。俺、毎日、缶投げちゃうぜ』
それはさすがに、迷惑だよね?
でも、先に言っておきたい。ワガママな願いと承知でも、それが俺の本音だから。
彼は一瞬表情を曇らせ、――やっぱり、困らせてしまった!
『ごめっ、ごめんな、秀――』
『なら、わかるようにちゃんと投げて』
『――秀一?』
真摯《しんし》な表情で、乙哉に告げた。
『見つけられない投げ方や、他の色の缶は投げないで』
きみに待ちぼうけをさせたくないんだ。
――あれから。
「会いたいって言ってるだろ!」
柵の上から、大量の缶を投げ捨てる。
日暮れて薄暗い闇の中、屋敷を照らす街灯に、アルミの縁が反射する。

そこら中のコンビニで集めに集めた、赤色の缶。

いくつもの袋を逆さにして、次から次へと、投げ入れた。

数え切れないほどの中味の詰まったコーラの缶が、重いバウンドでぶつかりあいながら、傾斜をどんどん落ちてゆく。

会いたいんだよ、今すぐに。

「必ず行くって、お前が言ったんだからな！」

それだけが、俺たちの、たったひとつの約束じゃないか。

他にはなにひとつ、約束してくれなかったじゃないか。

「秀一、出て来い！」

ずっと俺は待ってるのに。

裏口へこれみよがしに置かれた、ビニール袋一杯の、ビールの空き缶。

秀一が退院したと聞いた日からずっと、一度も処分されることなくずっと、あそこへ置かれたままなのは、乙哉への、無言のメッセージだったのか。

どんなに投げても、虚しく溜まる一方だよと。どんなに合図を送っても、もう届くことはないんだよと。もう、諦めなさいと。

「チクショー」

もういないなんて、そんなの、ありかよ……。

そんなの、俺は信じない。

「秀一！ 出て来い！」

あの手紙は、怒りに任せて燃やしてしまった。

だからあの夜の言い訳を、俺はまだ聞いてない。

弁解しろよ、どういうことだっのか。

「出て来いよ！ ここへ！」

なあ、俺は本当に、……裏切られたのか？

乙哉は柵に手を突くと、肩で大きく呼吸《いき》をして、

「これだけ騒いで、どうして誰も出て来ないんだ」

ボソリと呟く。


「ここにはもう誰も住んでないよ、空家なんだ、乙哉」

静かに声を掛けられると、

「ウソだろ、充……」

乙哉さんは呆然と、ぼくたちに振り返った。

ホテルからまっすぐここへ駆けつけていた充さんは、コンビニ巡りをしていた乙哉さんより一足先に到着し、乙哉さんがいないので見当違いかと京介さんの携帯電話に電話をくれたのをこれ幸いに、ギイが、乙哉さんは絶対そこへ行くはずだから、自分たちも今から行くので到着するまでの間、乙哉さんが現れても声を掛けずに、黙って様子を見ていてくださいと頼み、けれどぼくたちは、乙哉さんが現れるのとほぼ同時に、ここに着いていた。

「本当だよ。誰も住んでいないから、俺が本格的に屋敷の維持と管理全般を一任されているんだよ。人が住まなくなると、家はいきなり傷むから」

「でも、夜には野々宮さんの車が、ガレージに停まってるじゃないか」

「あれは俺が使わせてもらってるんだ」

「ご夫婦で浜辺を散歩してる時だって、あっただろ？」

「たまに、こちらにいらしてるから」

「――いつからだ？」

「秀一さんが都内の病院へ転院されて、一ヵ月くらいしてからだよ。奥様が都内のご実家の近くで暮らしたいとおっしゃって、見舞いや仕事の都合からして、旦那様にとってもその方が良かったので、ならばいっそと、おふたりで奥様のご実家に入られたんだ。だから引っ越しの荷物も特にはなくて、屋敷の中は以前とあまり変わりがないんだ」

「そんな噂、全然聞かなかったぞ」

「地元の人達は、皆、知ってたよ。でも、野々宮と古舘は犬猿の仲だと承知だから、わざわざ古舘の人達に野々宮の話はしないだけさ」

「そうか、どっちかと言えば、地元は野々宮寄りだものな」

「それは仕方ないだろう？　野々宮さんは地元の人で、古舘はよその人だ」

充さんが断言した時、京介さんがひっそりと、寂しそうに微笑んだ。

「なら、秀一が、──坊ちゃんのことも、皆、知ってるのか？」

沈痛な問い、というのは、こういうものか。

「さあ、どうかな。俺も詳しいことは、なにも聞かされてないからさ。それにしても──」

充さんは柵に寄ると、「これまた、たくさん捨ててくれたたな」

地面に散在する大量のコーラの缶に、泣き笑いの表情となる。

「充ですらなにも知らないなら、いったい誰に訊けば、詳しいことがわかるんだ……？」

乙哉さんは、やおらギイを見て、「──一番詳しいのは、もしかして、ギイか？」

それにはぼくも、同感である。

「ゴミ拾いは明日の乙哉さんのノルマとして、充さん、秀一さんの部屋も、まだそのままですか？」

ギイが訊いた。

途端に、充さんの返答を、乙哉さんまで注視する。──ゴミ拾いのノルマの件《くだ》りは、瞬殺されてしまった模様。

「ああ、まるきり手付かずだからね」

「見せていただいても、いいですか？」

「それは……、うーん」

家人の許可なく、どうなのか。

「入院する前のままということは、手紙の下書きがあったりするのかな」

京介さんの問い掛けに、俄然、乙哉さんの顔色が変わる。

「室内を調べたりしてませんから、それはわかりませんけれど」

充さんは京介さんへ返答し、

「──けれど？」

期待の籠もった京介さんの眼差しに直面すると、なぜかいきなり赤面して、

「わか、わかりました！　その代わり、無闇矢鱈《むやみやたら》にあちこち触ったりしないでくださいねっ」

そしてぼくたちはぞろぞろと、野々宮家に入って行ったのであった。

充さんが壁のスイッチを押すと、室内が光で溢れた。

二階の秀一さんの部屋に入って一番最初にぼくの目についたのは、木製のがっしりとした譜面台と、棚の楽譜、そしてその脇に丁寧に置かれた小ぶりのバイオリンケースだった。――小さな子供が使うサイズの。

「やっぱり……」

ぼくの呟きに、ギイが無言でぼくを見る。

「空気、入れ替えますね」

充さんは言い、いくつかある大小の窓とカーテンを開けた。

小さなふたつの南の窓からは、それぞれ裏庭が見下ろせる。街灯に薄明るく浮かぶ裏庭に、コーラの赤がくすんで映り、その赤黒の斑《まだら》模様が、ちょっと不気味だ。

大きな西の窓にはテラスのように広いベランダが続いていて、右手に視界と空を遮る山のような岩場と、そのふもとの桟橋、昼間ならかなり沖の海底まで見通せるであろう、グラスボートが楽しめるくらいに透明度の高い海と、古舘の家へ向かって左手に長く伸びる乾いた白い砂浜が見えた。

「きれいにしてあるなあ、男の子なのに」

清潔な印象の、きちんとした部屋。「いつもこんなふうだったの？」

京介さんが訊くと、

「そうですね。その日に使った物は全部片付けて、一日の最後に日記をつけて就寝なさるような几帳面な方ですから。この部屋もたまに風を通すくらいで、本当に、手付かずなんです」

まずい。

実家の自分の部屋を思い出し、このままぼくになにかあって部屋に戻れなかったとしたら、

「絶対、誰にも見せられないな」

あの惨状。

数日、帰省していただけなのに。

寮生活ではほどほどだが、実家にいると母への甘えか、どうしてもだらしなくなってしまうのである。――ちょっと、反省。戻ったら、片付けよう。

「ベッドと勉強机と洋服ダンス。――構成だけなら、オレたちの寮の部屋と同じだな」

ギイが言う。

「うん、そうだね」

広さと質が、違うけど。

楽譜やバイオリンの置かれた棚には、キューブ型のコンポーネントステレオも並んでいた。あれは知ってる、小型だけれど音がいいのだ。

スピーカーに立て掛けられた、数枚のCD。それが、彼が持ってるCDの全てであるはずがないので（きっと他のはしまわれている）、ということは、それは当時彼が愛聴していた厳選された数枚だ。――なんのCDだろう。すごく気になる。

同じことを思ったのか、スレテオの前へ乙哉さんが歩いてゆく。

無闇矢鱈と触らないように、の、指示を守り、彼は手を後ろに組むと少し前屈みになり、じっとCDのタイトルを読む。

そして、黙って、視線を外した。

「なんのCDだったんですか？」

我慢しきれずぼくが訊くと、

「ボサノバとバンドネオンと井上佐智」

簡潔に、彼が応えた。

「え？」

井上佐智？

途端に、京介さんが、ああと頷く。

「秀一さんも上手でしたよね、バイオリン」

横からさりげなく、ギイが言う。

「上手だったねえ。演奏家を目指していたくらいだからねえ」

京介さんは懐かしそうに目を細め、そして乙哉さんはこの話題を避けるように、ベランダへ出てしまった。

京介さんは、ぼくが持つバイオリンケースに目を落とすと、

「井上佐智ってバイオリニスト、託生くんは、知ってるのかな？」

「はい、有名ですから」

この後、彼の別荘で開かれる演奏会に招かれていると、付け加えた方がいいのだろうか。迷っていると、

「何年前になるのかな。別邸で、あれはなんのパーティーだったか、忘れたけれど、井上産業の社長がご子息といらっしゃることになって、とても良い機会だからと、秀一くんと一緒に、パーティーで演奏してもらったことがあるんだよ」

京介さんが懐かしげに続けた。「佐智さんがまだプロデビューする前の、九つとかそれくら

いで。でも、凄かった。感服したね」

上は、限られた狭い世界だとギイが言っていたので、京介さんたちと佐智さんに接点があっても、驚いたりはしないぼく。――むしろ、ぼくと佐智さんの接点の方が、世間的には驚きだよなあ。

「あの時は、ギイくんは……？」

京介さんに訊かれると、

「残念ながら、その場には。――聴きたかったですね、ふたりのジョイント」

ギイではないが、ぼくも聴きたかった、ふたりの演奏。

「演奏家を目指してとても頑張っていたんだが、練習量をこなせないからと、秀一くんは途中で音大を志すのを諦めてしまったけれど、それきりやめたわけではなくて、時々は弾いていたようだね。極たまに、風に乗って音が聞こえて来ることがあったから」

楽器の練習は、本格的にやろうとするほど、スポーツのように走ったりはしないけれども、かなり体力的にはハードになるので、

『きみもどこか悪いの？』

あまりに自然な問いだった。

ぼくは、ベランダにこちらに背を向けて佇む乙哉さんをそっと見てから、

「持病を持たれた方だったんですか？」

京介さんに質問した。

それで練習量をこなせなかったのだろうか。

「特に病気があったという話は聞かないけれど」

言いかけて、京介さんは充さんを見る。

受けた充さんは頷いて、

「俺も、この仕事に就いたのは高校を出てからなんで、それより前のことは、前任者から、――や、そんなにカッコ良くないな」

照れて笑うと、「俺より前は、住み込みでの建物の維持管理というよりは、奥様に頼まれた壊れた箇所の修繕とか掃除とかを通いでしているだけの、下男というか庭師というか、まあ賄いみたいなものでしたから。でも、それを長年真面目に勤め上げた親父から、引き継ぎの時にちょっと聞いてるのと、近所の遊び仲間としてくらいしか知らないんですけど、特別どこかが悪いというより、無理が利かないようでしたね。寝込むほどではなくても、熱っぽかったり風邪っぽかったりして一緒に遊べないことをもままありましたから」

「だから、今回のように半年もの長期入院というのは初めてじゃないのかな。入院といえば、野々宮夫人が世間話で、秀一が季節の変わり目になると体調を崩して、二日とか三日とか入院するのが心配でと、よくおっしゃってたが、でもそれも、中学くらいまでだったしね。——私はむしろ、バイオリンをやめた原因は、うん、秀一くんは賢い子だから、早々に悟ってしまったのかなと思っているんだ。あの時に佐智さんと一緒にバイオリンを弾かなければ、もしかしたら音大くらい進んでいたかもしれないな、と」

「——え？」

なんで？

「託生」

小さくギイがぼくを呼ぶ。

「一緒に弾かなければ、天分の違いに気づくこともなかっただろうからね」

優しい口調で、京介さんは他意なく続ける。「佐智さんと一緒に演奏してから、良い刺激になったのか、俄然バイオリンの練習量が増えたと、当時、頑張ってる息子の姿に野々宮夫人はとても喜んでいらしたが、うちとしてもね、表舞台に出ていなくても既に佐智さんのバイオリンは我々にはとても有名だったから、これは秀一くんにとって絶好の機会であろうと思い、むろん好意で勧めたのだけれどもね、私も絵を描いていて、才能だけは努力でどうにかなるものではないと痛感することがたくさんあって、それでも私は下手の横好きというやつで、絵を描くことをやめられはしないんだけれども、越えられない壁を現実に見てしまったら、これは相当、きついと思うんだ。遊びでやるなら却ってなんの問題もないが、本気でその道を志していたならば、いかにその壁が高いのか、いかに困難な挑戦なのかが、露骨にわかってしまうこともあるだろう？　全てか無か、超一流を目指した途端に、選択肢はそのふたつしかなくなってしまうからね。ただの一流にならなれる可能性はあったとしても、目の前に超一流が現れてしまったら、もうただの一流では満足できない。井上佐智に並べなければ、バイオリンを続けていく意味がない。——そこに、その壁に、聡《さと》い彼は気づいてしまい、そして挫折してしまったのではないかと、……穿《うが》った見方かもしれないけれどね」

ぼくはポカンと、京介さんを見ていた。

いや、そうかもしれない。

遊びなら、却ってなんの問題もない。——そうなのだ。

ぼくが平気で佐智さんと一緒に演奏できるのは、むしろ楽しいなんて言ってられるのは、ぼくが本気じゃないからだ。

自分が何番目でもかまわないのは、ぼくが本気じゃないからだ。

「あ、ごめんね。きみもバイオリンをやってるのにね」

「いえ、大丈夫です」

好きでもない相手にどんなにつれなくされようと平気だが、本気で好きな相手には、ちょっと心ないことを言われただけで、どんなにか気持ちがざわつくだろう。

ぼくも本気になったなら、井上佐智という存在が恐くなるのだろうか。ただの憧れだけでなく、絶望の対象に、なるのだろうか。

ギイが心配そうにぼくを見ている。——この展開を予感して、さっきぼくを引き止めるように呼んだんだね、ギイ。

大丈夫だよ、ショックとかじゃない。

だってぼくも、まだ下手の横好きのうちだから。このままではいけないと、思い始めたばかりだから。

ぼくが笑うと、ギイも笑った。

井上佐智のCD。乙哉さんが避けるようにベランダへ行ってしまったのは、彼が、秀一さんの痛みを、知っていたということだ。

井上佐智のCD。どんな気持ちで秀一さんは、このCDを聴いていたのだろう。

「話、終わったみたいだな」

やがてベランダから戻って来た乙哉さんは、懐かしさに泣き出しそうな表情で、改めて室内を見回した。

きちんと片付いた机の前で立ち止まり、きちんと整えられたベッドの前で立ち止まり、

「いいよ乙哉、少しくらいなら、触っても」

充さんの苦笑を誘うほどに、やるせない目をして。

「ホントに、いないんだな……」

そのままなのに、ここにはもう、人が生活している温もりがない。

なにひとつ、部屋から消えていないのだろうに、抜け殻のような虚無感が匂う。

「入院する前のままって、ベッドもですか？」

ぼくが訊くと、

「それは、直してあるよ。奥様が、戻ったらすぐに休めるようにと、整えられたから」

そうか、そうだよね。

すぐに戻るはずだった部屋らしさ、といえば、いろんなものがきちんとしている中で、ちゃんとハンガーに掛けられて、きちんとしているうちに入ることは入るのだが、洋服ダンスの中ではなく、厚手のシャツとズボンがひとつずつ、壁のフックへ、取り残されるように掛けられていた。――冬物だ。

「細いな、ズボン」

つい、おかしなところに注目してしまった、ぼく。

「そんなこんなで、太れない体質だったそうですよ」

充さんが、女性が聞いたら妬《ねた》ましくなるようなことを言った。

「熱が出やすい体質だとすると、海の真ん前なのに、泳いだりもできなかったんですか？」

もったいない。

「ああ、いや、遠泳は、得意でしたよ」

「そうなんですか？」

「競泳は、そっちは駄目ですけど、一気に体力なくなりますから。でも、遠泳はのんびり長く泳ぐだけなので。ただ、水から上がった時に、どっと疲れますけどね」

そうか、そういうものなのか。

いつの間にか、洋服の前に乙哉さんが立っていた。

「なあ充、ちょっと」

「ん？」

呼ばれて彼の隣りに立った充さんへ、

「これ、秀一が最後に着ていた服か？」

「そうだよ」

「このシャツ、なんでボタンがひとつないんだ？」

と訊いた。——ボタン？　ん？

「俺が知るわけないだろ」

乙哉さんはシャツにそっと手のひらを当てて、ボタンのひとつをゆっくり握る。

そして首を傾げると、もう一度、その動作を繰り返した。

「乙哉?」

「俺さ、充、あの時、海に落ちて溺れてた時に、なにかを必死で摑んだような気がしてたんだよ。でも良美に助けられた砂浜で、意識が戻った時には、手になにも持ってなかったんだ」

「この糸、引きちぎられた感じですよね」

彼らの間からボタンの失い部分をじっと覗き見て、冷静にギイが言う。

「だから気のせいだと思って、忘れてたんだ、これを見るまで」

「でも乙哉、だとしたら、それって、どういうことなんだよ。お前が摑んだなにかがこの服のボタンだとしたら、良美さんがこれを着てたってことなのか」

「良美にこのサイズが着られるわけないだろ」

じゃなくて、「俺、海に落ちてから、溺れてる間の、記憶がないんだ。気づいた時には砂浜で、全身ずぶ濡れの良美が、ボロボロ泣きながら、俺の頰を叩いてたんだよ。目を開けた俺に、良かった、助かったのねって何度も繰り返してさ」

「乙哉さん、水は飲んでなかったんですか?」

ギイが訊く。

「いや、――いや？　どうかな、それは」

「覚えてないんですか、噎《む》せたとか、そういうの」

「特にはね。でも、喉は痛かった」

ひりひりとしたあの感じ。「――おかしいな。あ、水は自分で吐き出したと、病院で良美が言ってたかな、や、どうだったかな」

「自分で吐き出したんですか？　意識がなかったのに？」

これも、ギイだ。

「……そうだよな、吐いてたとしたら、変だよな」

「乙哉さん、事故以降、なにかが変だと、無意識に、脳裏のどこかに引っ掛かっていませんでしたか？」

ギイが訊く。――慎重に。

「……え？」

「オレはずっと変だと思ってましたよ。命を落としかけた忌まわしい土地へ、足しげく乙哉さんが通うようになったと耳にした時から」

乙哉さんは、息を呑んでギイの顔を凝視する。

「——乙哉さん。もしかして、自分を助けてくれたのは、良美さんじゃないかもしれないって思ったこと、ないですか？」

「そ、れは……」

ぼくと京介さんと充さんも、知らず息を詰めて、成り行きを見る。

「砂浜で意識を取り戻した時、そこに全身ずぶ濡れの良美さんが自分を介抱していた。それは事実ですよね」

「……そうだ」

「なのに乙哉さんは、それだけでは合点がいかない記憶も持ってる」

なにかを必死で摑んだような気がする、と。

「そして、重要な現実が、抜け落ちてます」

「重要な現実？」

「喉が痛かったということは、なにかを大量に吐いてるということです。それはつまり、誰かが乙哉さんに水を吐かせる、蘇生措置をしているということです」

「いや、でも、良美には、そんな知識はないと思うが」

京介さんが呟いた。

「乙哉さんが意識を取り戻した後、良美さんはどうしましたか？」

「後？　もちろん、古舘の家へ人を呼びに行ったよ」

「走ってですか？」

「それは、ああ、急がないとって。パンツのポケットに入れていた携帯は、塩水に濡れて死んじゃったから、自力しかないわって、笑ってね」

「乙哉さん、まさか波打ち際で溺れたわけじゃ、ないですよね？」

「いや、まさか。ボートが波に攫《さら》われて、正確にはわからないが、百メートル、いや、もっと沖まで流されてたかな」

「だとしたら良美さんはその距離を、しかも大荒れの海の中を、浜から泳いで乙哉さんを助けに行き、また泳いで浜まで戻って来たことになりますよね」

「ああ、そうだね」

「その上、乙哉さんを助けた直後に、古舘の家まで走って人を呼びに行く。ものすごい体力ですよね。いくら男顔負けのスポーツウーマンでも、果たしてそんなこと、できますかね」

「……それは、どうかな、わからないな」

「できないよ」

　充さんが口を挟んだ。「そんなこと、俺でも無理だ。そもそも、一度泳ぎ始めたら、荒れた波間に浮き沈みする乙哉がどこにいるのか、見えなくなる。もし溺れて沈んでいたなら、見つければ不可能だ。どこに向かって泳げばいいのかわからなくなったら、迷ってるうちに、自分も遭難してしまう。まるきり自殺行為だよ」

「オレもそう思うんですよ、乙哉さん。唯一可能なのは、桟橋に係留されてるボートで行くことです。乙哉さんが乗ってたボートを目指して。それなら視線もそこそこ高い。目標物を目指して、月明かりの中でも、なんとか辿り着けそうだ。ボートから乙哉さんを引き上げられれば幸いでしょうが、既に沈んでいるとして、飛び込んで乙哉さんを海面まで上げ、そこからボートに戻るのと、浜まで泳ぐのと、どちらが体力の消耗が少なくて、助かる可能性が高いのか検討した結果、おそらく浜まで泳ぐことにしたんでしょう。となると、泳ぎは片道だけでいい。だとしても浜に着いた直後に別邸まで走るのは、トライアスロンの強化選手じゃあるまいし、普通の人間には、やはり無理です」

「だが良美じゃないとしたら、いったい誰が——」

言いかけて、乙哉さんはきつく眉を寄せた。

「理由は知りませんが、乙哉さんはあの夜、あんなに海が荒れていたのに、桟橋に係留された手漕ぎのボートの中にいた。だが気づくとロープが外れ、沖に流されていた。浜へ戻ろうとしたのだが、不幸にもボートは転覆し、自分も海に落ちてしまった」

「——もう、限界だったんだ。女は二十五までに結婚するもので、良美は今年で二十四なんだと。あの子はあなたの生まれながらの許婚で、今後子供ができる可能性はほとんどないが、もし奇跡的に息子が授かったら、その時は改めて嫁として迎えるという条件で養女にさせてもらったのだから、一日も早く結婚しなさいと、毎日のように母からせっつかれ、彼女のことは嫌いじゃないが結婚の対象としては見られないんだとどんなに説明しても聞き入れてもらえず、こうなったらもう、死ぬか逃げるかしかないとまで、追い詰められていたんだよ。どのみち、俺と秀一は結婚できるわけじゃなし、でも、ずっと一緒にいたいから、ここから一緒に逃げ出そうって、俺が、秀一に迫ったんだ」

乙哉さんは、愛しげに室内を見回すと、「子供の頃、以来だな、この部屋に入れてもらえるの。――たかが土地の境界線くらいで散々揉めて、二軒しかない隣同士なのに険悪になって」

変わらないや、秀一らしい。と、愛しげに呟いた乙哉さんは、

「秀一は、店の経営をしたいからって、その為の勉強を始めてたんだ。――バイオリンを諦めて、俺は諦めることなんてないと思ってたから、佐智くんは佐智くんの、秀一は秀一の音楽を極めて行けばいいだけのことじゃないかとそう言ったんだが、どうも、そういうことでもないらしくて、でも、たまに、俺が頼むと弾いてくれたよ。年々下手になるなと笑いながら。それでバイオリンに替わる、それ以上の道をみつけようとして、秀一は特殊コースの多い地元の大学に進んだんだけど、未練と闘いながらだったからかな、うまくみつけられずに卒業してしま

って、けれどようやく、やりたいことが明確になってきたんだよ。だから俺の申し出は、要するに駆け落ちしようって迫ったんだけどね、絶対断られると思ったんだ。——はっきり断られはしなかったが、秀一はなかなか承知しても、くれなかった。すごく曖昧に、すごく困ったように、ちいさく頷かれたきりだった。業《ごう》を煮やして俺は、明日いつもの場所で待ってるって、夜の十時まで待って、秀一が現れなくても俺はもうここを出て行くって、そう、言ったんだ。まがりなりにも頷いたんだから、絶対に来いって、言い捨てて。でも、十時になっても秀一はやって来なかった」

「なら乙哉、流されたんじゃなく、ボートは自分で出したんだ」

充さんが言う。

「やけになってね」

乙哉さんは苦く笑うと、「漕ぎ始めてすぐに、オールが流されて、どうしようか迷ってるうちにどんどん沖へ流されて、このままではまずいと思って、自分で海に飛び込んだんだ。岸まで泳ぐつもりで。溺れるなんて、予定はなかった」

「最初からそんな予定を立てられても困りますけど」

ギイは敢えて気楽に笑って、「でもそれが、秀一さんには、ボートから落ちて溺れたように見えたんじゃないですか」

「そうかなギイ、俺、見られてたのかな、秀一に」

「だって、そりゃ、迷うでしょう。いきなり駆け落ちとか言われても、秀一さんは夢に向かってやっとスタートを切ったところなんだし。桟橋は野々宮家の真ん前なんだから、約束の十時ぎりぎりまで、秀一さんには迷う時間はあったわけですよね。そうして逡巡《しゅんじゅん》している間、秀一さんが、乙哉さんの待つボート以外のなにを見てるって言うんですか」

「——そうか」

「それに、いくら乙哉さんでも、こんなに荒れた海へボートで出るなんて無茶はしないと、思われてたのかもしれませんし」

「なのに漕ぎ出したから、慌てて秀一は俺を追ってきたって？」

「そうかも、しれませんよ。わからないですけどね、もう」

さりげなく付けられた、もう、の一言に、乙哉さんが押し黙る。

黙り込む乙哉さんをよそに、

「あの晩、モーターボートはなかったんですか、充さん？」

ギイが訊いた。

「確かその時機は、メンテナンスに出されていたんじゃなかったかな。でも、どのみち野々宮のボートじゃないですし。乙哉が使った手漕ぎボートが古舘のだとしたら、秀一さんが使えるのは、野々宮の手漕ぎだけですね。——あっ、それで、夜が明けてみたら桟橋は空っぽで、古舘のボートだけでなく、野々宮のボートも沖に流されていたということなのか。てっきり荒れた海の仕業かと思ってました」

「乙哉さん、これは飽くまで推測ですけどね」

ギイは乙哉さんへ向き直り、「たとえば、秀一さんが乙哉さんを助けたとして、ようよう浜まで泳ぎ着き、もうその時点で、いくら遠泳は得意でも、秀一さんもとっくに体力の限界だったと思うんですよ。でも疲労困憊《こんぱい》していても、それでも恋人の命は気になる。呼吸をしているかどうか、確認する。蘇生《そせい》法は何種類かあるらしいので、そのうちのどれかを彼が行ったとして、水を吐かせて呼吸も取り戻させる。そしたら、人を呼びに乙哉さんを残して立ち去りますよね。乙哉さんを連れての移動は、体力的に不可能だから。古舘の家より、野々宮の方が、充さんもいることだし、話が早い。そこで彼は、野々宮の家へ向かってひとりで歩き出す。良美さんが登場するとしたら、この後だと俺は思うんですけどね」

「えっ、でもギイ、そしたら良美さんが全身ずぶ濡れになる必要がないよ」

ぼくが言うと、その場の空気がしんと、冷えた。

浜に打ち上げられた王子様。そこまで運んだのは人魚姫、王子を見つけたのはお姫様。

お姫様は感謝され、王子様と結婚し、恋に破れた人魚姫は、哀しくも海の泡となってしまいましたとさ。

——あんまりだ。

「もしくは、波打ち際近くまで来たところで、異変に気づいた良美さんが浜まで駆けつけ、海に入り、秀一さんと一緒に乙哉さんを浜まで運んで、良美さんが古舘の家へ人を呼びに行ってる間に秀一さんが蘇生の処置をしたかもしれないですし」

「それだったら、確かに全身ずぶ濡れにはなるけど、ギイ」

「二度も人を呼びに行くのか？」

訊いたのは、乙哉さんである。

「あり得なくはないですよ。一度目は行ったふりをしてどこからか様子を窺い、蘇生が終わった頃に、もう大丈夫ですから後は任せて、と秀一さんを安心させて帰宅させれば、意識が戻った乙哉さんにわざわざあれこれ告げて、二度目は本当に人を呼びに行けばいいわけですから。

——いや、飽くまでひとつの可能性として、ですけどね」

どのみち、怖い、推理だった。

だが、これに関しては、確かめようがあるのである。

ぼくたちを包む空気がひどく重い。

「……参ったな」

乙哉さんは視線を落とし、「だとしたら、飽くまでひとつの可能性として、俺が握りしめてたなにかを、良美に捨てられた可能性もある、ということだ」

「もしくは呼吸を取り戻した時、噎せた拍子に手から落ちたのかもしれません」

どのみち、「真実を、良美さんに尋ねる勇気がありますか、乙哉さん?」

ギイの問いに、乙哉さんは俯いたまま、首を横に振った。

「恐ろしいな、それは」

そして、再び眼差しを上げた乙哉さんは、もう一度、秀一さんのシャツに、そっと指先を寄せた。「ごめん、秀一」

そして、充さんに向き直ると、

「ごめん、充」

震える声で、謝罪した。「あの晩のこと、ずっと謝りたいと思ってた。せっかく届けてくれたのに、封も切らずに燃やしてしまって」

あの手紙に、なにが書かれていたのだろうか。

失礼を承知で、ぼくは机の周囲をしげしげと見る。

便箋も封筒も、机の上には出ていない。手掛かりになりそうなものは、目に見える範囲にはありそうになかった。

「謝るなよ、乙哉」

顔をくしゃりと歪ませて、「――お前なんか、一生許してやるもんかと、思ってたのに」

充さんが嗚咽《おえつ》する。

「ごめんな充、俺、謝っても、謝りきれないよな」

乙哉さんは天井を仰ぐと、「俺のせいで、秀一は入院したんだ」

事故で意識不明の重体で運ばれて。「俺のせいで、秀一は……」

後はもう、言葉にならない。

ギイに促され、ぼくたちはそこへ乙哉さんひとりを残して、部屋から出た。


「婚約披露パーティー、明後日だよね」

ぼくが言うと、

「まあな」

ギイが頷く。

ぼくたちは、昨日一休みした流木に、夜の海を眺めながら、再び腰を降ろしていた。

こんなに切ない夜なのに、海からの風は、心地よい。

京介さんと充さんは、野々宮家のリビングで、乙哉さんが落ち着くのを待っている。

「なあ託生」

「んー?」

「良美さんがしたこと、どう思う?」

「どうって、でも、想像の域を出ない、んだろ?」

「出ない出ない」

小さく笑ったギイは、「堅実だな、いいな、託生」

更に笑って、「ともあれさ、彼女は罪を犯したわけじゃないからな。ウソをついた、わけでもない。それに、恐らく、彼女がいなければ、もしかしたらだよ、最悪、乙哉さんも秀一さんも共倒れになってた可能性だって、あるんだよな。人魚姫の王子だって、浜に打ち上げられたまま誰にも発見されずに手当も受けず、ずっと放置されてたら、溺死じゃなくても死んでいたかもしれないもんな。手柄の度合いは人魚姫が上だけど、やっぱり、お姫様の存在なしには、王子の命は助からなかったと思うんだ」

「……うん、そうだね」

「ま、推測の域を出ないけど」

ギイが言って、ぼくは笑った。

「だからさ、良美さんが乙哉さんの命の恩人であることに間違いはないんだ。ただ、もうひとり、命の恩人がいたかもしれないってだけで」

「それも、推測?」

「そう、推測」

「証拠があればいいのになあ。良美さんがどう動いたかはもういいから、秀一さんが乙哉さんを助けた証拠が、あればいいのに」

「まったくだ」

頷くギイに、ぼくはハタと、思い出す。

「ボタン」

「なに?」

「ねえ、ぼくが拾ったボタン、あれ、ここで拾ったんだ、この砂浜で」

「え?」

「秀一さんのシャツに、ボタンがひとつなかったんだよね? あれ、それ、もしかして――」

興奮するぼくをよそに、ちっとも盛り上がってくれないギイは、

「いや、オレ、見ましたけど、似ても似つかないボタンでした、託生くん」

すまなさそうに、訂正する。

「――っえーっ!」

なんでだよ、サスペンスとかならこの展開だと、絶対、絶対、同一ボタンなのに!

「世の中そんなに甘くないって」

「それは、そうだけど」

ぼそぼそ呟くぼくに、

「じゃあせっかくだからさ、乙哉さんにプレゼントしたら? まるきり別物だけど、こんな物が落ちてたと。同じように、もしかしたら、万に一つの可能性で、あのシャツの取れたボタンも砂浜に落ちているかもしれませんよと」

「そうじゃん!」

ぼくはすっくと立ち上がる。「落ちてるかも!」

「待て、託生。今から探そうなんて、言うなよな」

「どうしてだよ」

「明日にしよう。こんなに足元が暗いんじゃ、探し物は無理だって」

「それは、まあ、――そうですね」

おとなしく、ぼくはそこへ座り直す。

ギイは笑うと、

「おかしなヤツ」

ぼくの頬へキスをした。

「なっ、なにするんだよっ！　こんなところで！」

いつ彼らが外へ出て来るかも、しれないのに。

「いいじゃん、これくらい」

笑うギイに、ぼくも釣られる。

「いいか、これくらい」

肩の力が、——おかしな気負いが抜けてゆく。

「まあね、彼女がフェアでないとしたら、それは真実を少し隠しているかもしれないってことでさ」

弛やかな空気のまま、ギイが言う。

「そうだよね、証拠なんかなくても、彼女が証言してくれればいいだけだものな」

海に沈んだ乙哉さんを引き上げたのは、誰なのか。浜まで連れて来たのは、誰なのか。「訊いたら教えてくれないかな」

「試しに訊いてみたら、託生くん？」

「えっ、ぼくですか？」

「つかぬことを伺いますが、ってさ」

「やだよ、そんなの」

乙哉さんじゃないけれど、それは恐いよ。

「じゃ、やめよう」

ギイがポンと膝を叩く。「この話はここで、やめにしよう。追究する勇気がないなら、引き返そう」

その時、原生林の林が揺れた。

ざざざと枝葉を風が渡る。

——ぼくには勇気はないけれど、でも目の前のこの人は、ぼくとは違う。

そうだった。

「ねえ、ギイ」

そうだった。

「なに、まだ質問？」

やめるんじゃなかったのか？

「ギイがここに来た本当の目的って、なに？」

ぼくの問いに、ギイは黙って微笑んだ。


打ち寄せる波は音もなく静かで、夢か現か、わからなくなる。

波打ち際で、きみが笑っている。太陽のように。

輝くばかりの生命力に、その圧倒的な眩しさに、またしても、戸惑う。

きみは、なにが本当の仕合せか、わからなくなることはないのだろうか。

昇る朝日の美しさに感動することも仕合せならば、
沈む夕日の切なさに涙することも、仕合せなのかもしれない。

自分の喜びと、誰かの喜びとが等しく嬉しく感じられる瞬間も、仕合せなのかもしれない。

たくさんの、いろんな仕合せがあるのだろう。

けれど、真実、仕合せとは、なんだろう。

きみならば、その答えを知っているのであろうか。

「乙哉さん、本日はおめでとうございます」

ひっきりなしの来客との挨拶が、ようやく一段落した頃を見計らって声を掛けると、

「ありがとう、ギイ」

この一日二日でやけに大人びた笑顔が、返ってきた。

多少やつれた気もするが、だが、迷いが消えて、翳《かげ》りのない、笑顔である。

「似合いますね、タキシード」

「大仰だよな、やっぱり」

「そんなことはないですよ、でも、夏場にタキシードは暑いかな」

「そうでもないよ、ここはエアコンがガンガンに効いてるからね」

「いや、ちょっと」

ギイが大広間の外を指さすと、

「了解」

乙哉はタキシードの上を脱ぎ、「もうなにを聞いても、ゼッタイに、驚かないからな」

からかいながら、歩いてゆく。

石造りのテラスから、砂浜手前の庭へ降り、木陰に入って直射日光を避ける。

「なんだかな、婚約パーティーを逃れてギイとふたりでこんな所にいると、まるで、俺たちが人目を忍ぶカップルのようだな」

「そんな軽口が叩けるなら、けっこう回復したということですね？」

ギイが笑う、ホッとしたように。

「――まだまだ消化しきれないものも、たくさんあるが、どうにかね」

「どうにか？」

「許せないのは、良美じゃない。俺自身だ。俺さえ無謀なことをしなければ、なにを失うこともなかった。良美は命の恩人だ。婚約を解消する理由はない。――というところまで」

「それで十分じゃないですか、今は、まだ」

「ありがとう」

「今日を無事に迎えられて、なによりです。後追い自殺でもしやしないかと、ひやひやしてましたから」

「……そんな勇気は、俺にはないよ」

乙哉が言うと、

「そんな勇気は、必要ないです」

ギイが応える。

乙哉はちょっと目を見開いて、そして笑った。

「参るな、ギイには」

これで俺より年下なんて、サギっぽいよな。「サバ読んでるだろ、百歳くらい」

「いやいや、さすがに百歳までは」

応えたギイに、また笑う。

「……それで？」

ひとしきり笑った後で、乙哉が促す。「こんな場所まで引っ張り出して、どんなびっくりが待ってるのかな？」

「これはオレからの、お祝いです」

折り畳まれた、一枚の紙片。

「――これは？」

「どうぞ」

紙片を開き、

「…………」

渡された文面に、目を通す。

「こ、れは……？」

この筆跡！

もう絶対に、驚かないつもりだったのに、あれ以上の驚きの材料など、もうないと思っていたのに。

「日付はありませんが、秀一さんの日記の最後に書かれていた文章です」

「日記？　ああ、日記！」

そうだ、——そうだ、そうだよ、「寝る前に、いつもつけてた？　充が言ってた？」

「そうです、秀一さんの日記の一部です」

「でもどうしてギイが、こんなものを……」

持っているんだ？

「あの夜、部屋から持ち出したわけじゃありませんよ」

「それはわかってる。でも部屋に、あの時、日記はあったのか？」

「ありません、あの部屋には」

ギイはひとつ息を吐くと、「もう一度言いますが、日記帳に書かれてはいましたが、その文章には日付がないんです。ですからそれは、日記の最後に書かれてはいましたが、最後の日記ではなく、遺志なんです、秀一さんの」

「いし？」

「意志ではなく、遺言の遺と志すの、遺志です」

「……ああ」

乙哉は静かに目を伏せる。

「オレは、秀一さんのご両親から頼まれて、ここに来ました」

「えっ!?」

もう驚くまいと思っているのに、「野々宮夫妻から？」

驚かずに、いられない。

「もちろん、パーティーの招待状は乙哉さんからいただいてますが」

ギイのジョークに、形だけ笑う。

「ならば婚約を壊しに来たのか？」

「まさか」

「日記には、俺のこと、書かれていたんだろ？」

「そうですね、いろいろと」

「駆け落ちのことも？」

「そうですね」

「……そうか」

乙哉はやるせない目をして、「野々宮夫妻は、俺を、さぞや恨んでいるんだろうな……」

どう償えばいいのだろう。と呟いた。

「恨むとか、いいえ、そんなことはないですよ。婚約を壊そうなんて、滅相もないです。乙哉さんを助けようとしたのは秀一さんの意志ですし、あ、今度は意見に志すの意志です。そして秀一さんを助けられなかったのは、医学や周りの力不足が大きいのだから、と、野々宮さんがおっしゃってました」

「でも、大切なひとり息子を亡くされて、辛くないはずがない」

「辛いのは、乙哉さんだって同じじゃありませんか」

「でも俺は――！　俺はワガママを秀一に押しつけて、俺があんな向こう見ずなことをしなければ、秀一を巻き込んだりしなくて済んだんだ。そうしたら秀一だって――」

「それに、きっと、秀一さんは後悔してないと思いますよ」

「――そんなわけないだろ！　そんなこと、どうしてわかるんだよ……？」

「さっきも言いましたが、オレは、ご両親に頼まれて、秀一さんの遺志を叶える為に、ここに来たんです」

「遺志を叶えるって、なんだよ、それ」

「その文章を何度も読んで、秀一さんの遺志はどこに向かっているのか、それはそれは考えました。彼の迷いや、彼の希望。乙哉さんに人生を委ねることを、彼は望んでいたのかもしれない。駆け落ちは、だから、やぶさかではなかったのかもしれない。でも、果たして本当にそれで、自分は、乙哉さんは、しあわせになれるのだろうか。――彼はきっと、ぎりぎりまで、深く逡巡していたんだと、思うんです」

「俺と、秀一の、しあわせ?」

――自分の喜びと、誰かの喜びとが……。

「人魚姫の話、ありますよね」

「……ああ」

「子供の頃、どうして人魚姫は王子を許してしまったのか、泡と消える道を選んだのか、どうにも理解できなかったんです。ただのひとつも報われなくて、自分の最高の魅力を犠牲《ぎせい》にして、失うものも全て失って、姉妹の必死の願いを退けてまで、なにが彼女をそうさせたのか。それが無償の愛だとしても、なんだかすごく理不尽で、やるせない気持ちになったものです」

「……そう、だよな」

「未だに理不尽だとは思うんですが、でも、これのおかげで、少しわかったような、気がしま

す。人魚姫の遺志は、自分は泡と消えても愛する王子には、生きて幸せになってもらいたかったということですよね」

どのみち、この愛は成就しない。不自然なものは、脆く消えゆく定めだから。

だから、この愛のせめてもの証。

自分が生きた、唯一の証。

それが残せるだけで、悔いはない。

「真剣に誰かを愛したら、自分の幸せだけでなく、相手の喜びの場所を、探すようになるのかなと思ったわけです」

「……つまり」

「つまり、秀一さんは、乙哉さんが良美さんとしあわせな結婚をするのを、望んでいたんじゃないのかな、と、オレは結論づけたということです」

「──まさか！」

「疑うということは、オレの話、ちゃんと聞いてませんでしたね、乙哉さん」

「だって逆だろう、普通は。好きだから、愛しているから、どうしても結婚したいんじゃないか。駆け落ちしてでも、一緒にいたいんじゃないか」

「わかってませんね乙哉さん。そう願ってしまうほど、秀一さんは、あなたのことを愛していたということですよ」

乙哉が黙る。

黙ってもう一度、紙片にじっと、目を落とした。

——たくさんの、いろんな仕合せがあるのだろう。

けれど、真実、仕合せとは、なんだろう。

きみならば、その答えを知っているのであろうか、——乙哉くん。

「わからないよ、秀一……」

なにが真実の仕合せなのか、俺はきみと、どう生きれば良かったのか。

「あ、そうだ」

ギイがジャケットのポケットから、紙袋を取り出した。「これ、託生から乙哉さんへ」

「……託生くんから？」

手のひらに収まる、小さな袋。「なんだい、これ？」

「どうぞ、開けてみてください。たいしたものじゃ、ないんですけどね」

「そんな言い方、ないだろう。ギイがよこしたわけでもないのに」

「ごめん、託生」

明後日の方向に謝って、「でも本当に、たいしたものじゃないんですよ」

袋を開けると、中から小さな貝殻が出てきた。

「──これは?」

「一目瞭然《りょうぜん》、貝殻を細工して作ったボタンです。託生が言うには、持ってるととっても大切な探し物が絶対にみつかる、魔法のボタンだということです」

「へえ、それは素晴らしい」

「そんな、冗談でも本気で受け取らないでくださいよ。託生はそう言い張りますが、それ、つい先日、拾ったばかりのものなんですよ。しかも、そこの砂浜で」

「でも御利益があったから、そういう謂《いわ》れが付いてるんだろ?」

「あったというか、なんというか」

みつかったのがそれ、そのものなのだから。しかも、行方不明というには、単に探し足りないというか、探し下手というか。

「ありがたく頂戴しておくよ。──で、託生くんは?」

「パーティーを抜け出して、京介さんに、彼の部屋で、絵やらデッサンやらを見せてもらうとか言ってましたけど」

「へえ、彼は、絵にも興味があるんだ」

「どうでしょうねえ、人見知りが激しいから、パーティーがしんどいだけかもしれないですけどね」

　ははは、と、笑った乙哉は、

「ともあれ、これはいただくよ。今の俺には、この上なくありがたいプレゼントだ」

「効力があれば、ですけどね」

「それと、ギイにも、礼を言わないと」

　乙哉は紙片を丁寧にたたむと、「これ、もらっていいんだよね？」

「もちろんです、乙哉さん」

「ありがとう。——それから、秀一のこと、充でさえ知らされてない大事なことを、教えてくれて、ありがとう。どうしてもまだ秀一がこの世にいないなんて、信じられないんだけれど、うん、それもなんとか、消化しないとね」

「乙哉さん……」

「それじゃ、俺はそろそろ会場に戻るよ」

　乙哉が指さす方を見ると、テラスから、良美さんが心配そうにこっちを見ていた。

　足早に行きかける乙哉の背中へ、

「あー、ごめん、乙哉さん」

　ギイが決まり悪げに、声を掛ける。

「なに？」

ふと、足を止めた乙哉へ、

「いや、なんというか、充さんは知らなくて当然というか」

「なんだい、やけに歯切れが悪いな、ギイらしくもない」

「やっぱりアンフェアなのはイヤなので、バラしますが。——乙哉さん、敢えて誤解を招くような言い方を、わざとしました、すみません」

「——え？」

「秀一さんは、亡くなっては、いません」

え？

と大きく乙哉の目が見開かれる。

「そ、それ……」

「亡くなっては、いないんです」

「ギイ！」

彼はギイへとダッシュして、いきなりぎゅっと、喜び勇んで抱きついた。「本当だな？　本当に、秀一は、生きているんだな！」

「ちょっ、落ち着いて、乙哉さん」

ああ、良美さんの目も、まんまるだ。——おかしな誤解、されてないといいけどね。

「ということは、本当に退院してるんだ。ただ、退院先が野々宮の屋敷じゃなくて、夫人のご実家ということなんだ」

「行き先は、合ってますけど、とにかく暑苦しいので、離してください」

ようやっと、ギイは乙哉の腕をほどくと、「でもオレは、ウソは言ってないんです、乙哉さん。あの手紙になにが書かれていたのか、永遠に、わからないかもしれないんです」

「……どういうことだ?」

「事故で、そうですね、乙哉さんを助けて、恐らく、そうです。助けて、その後、秀一さんは無理が祟《たた》り、ひどい高熱を出されて、意識不明の重体で病院に運ばれたんですが、それきり、今も、意識を取り戻されてはいないんです」

あの日から、ずっと、静かに眠り続けている。

「——ウソだろ……」

「明日、目覚めるかもしれないですし、このまま永遠に、目覚めないかも、しれません」

「ウソだろ、おい! それも俺を騙してるのか?」

「乙哉さんに渡したその文章《コピー》は、日記の最後の日付からして、駆け落ちの前日、もしくは、当日の、行くかやめるか迷ってる最中に書かれたものだと推測されるんですよ。ですから、乙哉さんに届けられた秀一さんの手紙が、彼にとって、今のところですけれど、最後の日記というか、最後の文章になるんです」

「それがどうした」

「どんな内容が手紙に書かれていたとしても、彼は、結論を、日記にではなく、あなたに伝えようとしたんです」

「それが、なんだと言うんだよ」

「ですから、落ち着いて想像してみてください。意識不明の重体になるほど、具合の悪かった彼が、どんな気持ちであなたに手紙を書いたのか。知らぬこととはいえ、やむを得ないこととはいえ、乙哉さんはそれを、怒りに任せて燃やしてしまった」

「だから、それで、今更俺に、どうしろと……」

「言葉で語られる以外の、それが秀一さんの、遺志ですよね。——手紙を読んだところで、やはり燃やされて、乙哉さんは良美さんと婚約していたかもしれない。でも、そうじゃなかったかもしれない」

「——ギイ」

「秀一さんの遺志は遺志として、オレとしては、これが遺志です。まだ死んではいませんが、この件に関しての、オレの最後の気持ちという意味で」

「よく、わからないんだが……」

「秀一さんのこと、野々宮夫妻から、口止めされていました。乙哉さんには、秀一さんのことを忘れて、乗り越えて、良美さんと幸せになってもらいたいからと。オレも、それに賛成でした。イヤミでなくて、おめでとうと、言わせてください」

「あ、りがとう」

「後はもう、生きてる乙哉さんが決めてください。完璧に全てがわかったわけではないですけれど、オレは、遺志を伝えるだけにします。絶対にそうしてくれと、頼んだりはしません。後は、乙哉さんが決めてください」

「ギイ……」

「でも、忘れないでくださいね」

乙哉さん、あなたのしあわせが、彼の望みだということを。


「ちゃんと、渡してくれた?」

ぼくが訊くと、

「まあな」

ギイは嫌そうに、返事をする。

京介さんの部屋までぼくを迎えに来てくれたギイに、

「もしかして、やっぱり迷惑だったかな」

拾った貝殻なんて、あげたりして。

「まあ、いいんじゃないのか？　おっ、この絵、いい感じ」

ギイは勝手に、床に立て掛けられた十数枚の絵を見る。

ノックもなしにドアが開き、

「おや、ギイくんも来てたんだ」

小用で部屋を出ていた京介さんが、戻って来た。

「これ、いいですね。売る気はないんですか？」

「いやあ、売るなんて、とてもとても」

「親父が観たら、絶対欲しがるもんな、京介さんの絵」

あれ？

「もしかして、京介さんて、人気画家？」

「大人気画家。寡作《かさく》だから、値段がすごい」

「でも、ここに、こんなにあるのに」

「京介さんが納得して、外に出る絵が、少ないんだよ」

「お恥ずかしい、なかなか、納得のゆくものが描けなくてね」

おおお、なんてこったい。

下手の横好きとか言うから、てっきり信じていたのに。

「さっき乙哉さんに、託生くんは、彼は絵にも興味があるんだ、とか言われたけどな、古舘京介を知らなくて、絵に興味もないもんだ」

「ひっどーいです、その言われようー」

「まあまあ、そんなに託生くんを苛めなくても」

京介さんはにこにこ笑って、「そんなんじゃ、子供の頃の乙哉と変わらないよ。好きな子には、優しくしないとね、ギイくん」

——は？

ぼくとギイはふたりして、にこにこ微笑む京介さんを見た。

「あの……、京介さん……？」

「大丈夫、誰にも内緒にしておくから」

そして新しいスケッチブックを取り出すと、「その代わり、ちょっとだけモデルになってくれないかな、ふたりとも？」

微笑まれて、もちろん、断りきれないぼくたちだった。

後日、ぼくたちをモデルにした絵が世間に出たかは、ぼくにはわからない。

知りたくない！

ごあいさつ

まずは、ルビー文庫十周年、おめでとうございます。

遡《さかのぼ》ること十年前、スニーカー文庫から女の子向けのタイトルが新しいレーベルで出ます、名前はルビー文庫です、と、当時の担当さんから聞かされた時、ルビーっすか？　ダイヤモンドじゃなくて？　と、冗談半分に聞き返したものですが、所以《ゆえん》はさておき、蓋《ふた》を開けてみれば、いくつかの候補から決定されたルビーという名称を提案したのが当の私の担当さんでありまして。

そういえば、現在の担当さんは、以前勤めていた出版社の本の情報雑誌で、BL（ボーイズラブ）という単語を広めた（つまり、BLという言葉の育ての親だったりするわけですね）経歴があり、そういうクリエイティブな人々と仕事ができるのは、ある意味、楽しいことですよねえ。次になにを生み出してくれるのかな、という期待が湧《わ》いて。

おっと、でもって、話を元に戻しますと、命名から十年、よくぞここまで来たものと、感慨《かんがい》もひとしおであります。ルビーと併走《へいそう》している雑誌のCIEL《シエル》も、来年にはめでたく満十年を迎えるということですし、十年一昔、じゃないけれど、やはりひとつの区切りの年ではありますよね。

十年。

長いような、短かったような……。

一年ぶりのご無沙汰《ぶさた》でございます、皆様、お変わりありませんでしょうか？

十年どころか、一年という月日も長いような短いような。でも今年に限って言えば、やっぱり振り返ると早かった、かな？

いや、一年に一冊と決めてるわけでは決してないのですが、どう頑張ってもそのくらいのペースでしか作品を書けないごとうでして、でも、今回も、拙《つたな》いながらも、努力しましたです。

ただ今回は、彼らの話のどこを書こうか、それはかなり迷いました。三年生バージョンになって、三年生の一年間のカレンダーがあって、四月の頭から順番に話を進めて行くのも有りだけど、でも元々二年生バージョンも、虫食い穴を埋めるようにあっちこっちポツポツと話を作っていたものですから、そのやり方が性《しょう》に合うといいますか、楽しいというか、ラクだったので、三年生バージョンはスタートこそ順番でしたが、やはり時間軸《じく》を前後させていただいて、でもちゃんと抜けは後から埋めて行く、という方法でいかせていただこうと、結論づけた次第《しだい》でございます。

でもって、夏休み。

今回のお話は、番外編も含《ふく》め、たっぷり夏休みでございます。

ごとうは、社会人になって以降、今の仕事も以前の仕事も人様の休みとはまるきり歩調が合わない感じで、めっきりと、時差ボケならぬ世間ボケしていたのでありますが、今年の夏は、この本の為《ため》もあって、夏休みの時期に（や、ちょびっとだけ早かったかな？）夏休みらしいことをしてみました。

いやあ、夏ってみんな、元気だね。

世間の眩《まぶ》しさにクラクラした、今年の夏でありました。——暑かったしね。

そんなこんなが作中に生かされてるといいなあ、と願いつつ、しかも今回はごとう的史上初の！（笑）まるまる一冊書き下ろし、でございます。十周年アニバーサリー記念に、頑張ってみました。

そうなんです、ルビーが十年ということは、ごとうも十年なんですね、かれこれルビーとのおつきあいが。あんまり年齢のことは言いたくないのが乙女心ってものですが（いや、いくつになっても気持ちは乙女ということで）、もう十年経《た》っちゃったよ、なんて強調したくないのでありますがっ、避けては通れぬ事実ということで。

改めまして。十周年を無事に迎えさせていただけましたこと、この場を借りて、皆様にも御礼申し上げます。ありがとうございました。

でもって、お礼というのにはナンですが、ちょっとした『企画モノ』を考えておりまして、よろしければ、ご参加ください。

詳細は、のちほど。


そんなこんなで、十周年を一区切りとして、年内から来年にかけて、あれやこれやと、賑《にぎ》やかにお送りすることとなりました。

まずは、CIELで連載しておりました、南京《なんきん》ぐれ子さんとの合作『ぐれちゃわないでね』のコミックスが、年内十二月二十五日に発売されます。コミックス化に当たり、ちょーっち色っぽい描き下ろしを一話、付け加えさせていただきました。ぐれ子さんによるあの麗《うるわ》しき天然の月下美人《つきしたよしひと》クンにまた会えるかと思うと、ごとうは個人的にもわくわくであります。

それから、タクミくんドラマCDの新作『あの、晴れた青空』が、来年三月下旬に発売されます。特典付きの予約締め切りは一月末でして、今回の特典は、祠堂学院の校章バッジ、あーんど、制服の第二ボタンでございます。誰のボタンなんでしょう。ふふふ。もちろん、予約を逃《のが》してしまっても、特典が付かないCDのみの発売も、ございます。

でもって、引き続きCD情報ですが、既《すで》に絶版になっております過去のCDが、現在のキャスト（タクミ…保志《ほし》総一朗《そういちろう》、ギイ…井上和彦《いのうえかずひこ》、他）でリメイクされることになりました。毎月一タイトル、六カ月連続発売、四月より発売開始でございます。加えて、全タイトル購入の方には非売品ドラマCDをプレゼントさせていただきます。

そして、ごとうしのぶ、これまた初！　の単行本が、同時に二冊、刊行されます。嬉し恥ずかしの、超！初期作品集『Sweet Memories《スウィート・メモリーズ》』と『Bitter Memories《ビター・メモリーズ》』、やはり来年の二月二十八日の発売予定です。こちらは、購入者特典で二枚組のイラストテレカが全員サービスだそうです。単行本の発売を記念して、イロイロ計画されてる、らしい、です。てれてれ。

でもって、タクミくんシリーズのイラスト集『Anniversary《アニバーサリー》』が、同じく来年三月の下旬に、発売予定となりました。イラストの他にデータ集など読み物も充実、あの『祠堂の中庭で』も再録される、らしいです。読み逃した方はこの機会にぜひ、どうぞ。

ふう。

がーっと告知させていただきましたが、ここで私事をちょびっと。

単行本、スウィートとビターは、さきほども書きましたが、笑っちゃうくらいの初期作品集でありまして、わたし個人としてはそんな昔の稚拙《ちせつ》なものを改めて世間様にお見せするのはどうかと、ものすごく抵抗といいますか、うん、正直、恥ずかしくて出したくないよーん。と、思っているわけですが、十周年としてちゃんと区切りをつけて、改めて、始める上で、の、機会としては、悪くないかな、とも、思ったんですね。

今回、せっかく、機会を作っていただきましたので、ここはひとつ、前向きに、恥ずかしいけど前向きに、刊行させていただくことにいたしました。

なので、こればかりは、興味のある方だけどうぞ、です。発行部数もそんなに多くないはずなので。

でもって、読んでみて、この話の続きが読みたい、とか、この話のもっと長いバージョン（リメイクということですね）が読みたい、とか、もし、ありましたら、ぜひ、教えていただきたく思います。今後の参考にさせていただきたいのです。

でもって、次の、夏？　もしかしたら、またまた、ちょびっとだけ、同人誌作りをふっかつ！　してみようかな、とか、検討してます。同人誌活動、とまでは書けないところがぬるくてむむむなのですが、そんなに本格的には、きっと、絶対にできないと思うので、活動はともかく、本作りは、してみようかな、と。

この十年でやりきれなかったことが累積債務《るいせきさいむ》のように残っていて、ちゃんとしてから、次に行きたいなあと、思ったりしているのです。単行本もそうですが、同人誌作りも、その良いきっかけになりそうな気がするのであります。

なんか、みすみす、自分で大変なことを増やしているような気もしますが、こんなごとうですが、つきあってやろうじゃん、という奇特《きとく》な方がいらっしゃいましたら、ぜひ、よろしくおつきあいくださいね！

そして。

十年おつきあいいただきました皆様へ、同人誌作り前哨戦《ぜんしょうせん》、というほどでもないんですが、ご希望の方に小冊子を送らせていただこうかな、という企画を検討してます。というか、送らせていただくことにいたしました。

ファンレターの宛て先に、送料手数料となります【八十円切手を三枚】と、裏がシール状になってるとすごく助かるんですが、ご自分の郵便番号、住所、氏名を書いた【宛て名カード】を同封していただき、『ごとうしのぶ特製ミニブック希望』と封筒の表に明記の上、お送りくださいい。折り返し、と言いたいのはやまやまですが、制作の都合上、お申し込みの締め切りは、来年、平成十五年一月三十一日（消印有効）とさせていただき、できあがり次第、郵送させていただきます。目安としては、遅くとも、桜の花が散る前までには、全ての方のお手元に届くよう、頑張るつもりでおりますです。

けっこう、無謀《むぼう》なこと、するのかも。と、今からひやひやしてますが、のんびりお待ちいただけるとありがたいですし、お申し込みの際、今回の文庫の感想なども添えていただけると、ものすごーく、励《はげ》みになります。嬉しいです。よろしくお願いいたします。


最後に。

おおや和美《かずみ》サマ、今年も大変お世話になりましたです。ＣＩＥＬで掲載中のタクミくんのコミックでも、でありますが、今回も、文庫の原稿、かなりギリギリで、申し訳ありませんでした。でもって、にもかかわらず、いつもステキなイラストを、ありがとうございます！　いつかなにか、御恩返しができるといいなあ、と、思いつつ、きっと来年も、いっぱいいっぱい、お世話になってしまいそうな気がします。こんなごとうではございますが、来年も、よろしくお願いいたします。

それと、今回は、一番苦しかったのはこの人！　であろう、担当のK美ちゃん。良かったよー、無事に発行の運びとなったよー。

『大丈夫です、明けない夜はありません！』

と、呪文のように（？）私の耳元で励まし続けてくれたおかげで、高い山を乗り越えることができました。いやいや、苦労をかけたね、すまないね。でも、ありがとうです。

それから、折りあるごとに手紙やメールで、感想や励ましをいただきまして、読者の皆様にも、ありがとうございました。

本の内容に関することも、プライベートでこんなことがあったよ、というものも、いつも楽しく拝見させていただいております。また、敢《あ》えて具体的には書けませんが、ものすごく参考にさせていただいちゃったりも、しています。これこれはこういうことですよ、と、丁寧《ていねい》に教えていただくことも、ありますので。含めまして、今までも、ですがこれからも、また続きが読みたいな、と、思っていただけるものを、頑張って作っていこうと、心も新たにしておりますので、末長く、おつきあいしていただけると、幸いであります。


諸事情により、しばらく眠っていたホームページも、久しぶりに更新する予定でおります。

来年も、いろんな場面で皆様とお目にかかれることを楽しみにしつつ。

本年も大変お世話になりました。

来年も、よろしくお願いいたします。

そして、少し早いですけれど、皆様、素晴らしい新年を、お迎えください。

ごとうしのぶ

Shinobu Gotoh Official HP ● http://www2.gol.com/users/bee/
Kadokawa Syoten HP ● http://www.kadokawa.co.jp/

夢路より

BEAUTIFUL DREAMER

眠り姫が、静かに横たわっている。
病室がそっくり移動してきたような、機械だらけの部屋。
命を繋《つな》ぐのは点滴だけのはずなのに、
変わらぬ横顔に、涙が溢れた。
ねえ、わかるかい？
幾重もの茨《いばら》を越えてやって来たよ。
ああでも物語と同じに、結局は茨が道を譲ってくれたんだ。
そのように、魔女ならぬギイが、魔法をかけくれた。

きみは今、どんな夢を見ているのだろう。
たまには俺の、夢も見ている？

彼女に全て、話したよ。
あの夜の理由も、きみへの想いも。
彼女への不信も、これからの不安も。
そうしたら、彼女も正直に打ち明けてくれた。
そして俺たちは、初めて本当に向き合って、今後のことを相談したんだ。

ありがとう、きみのおかげだ。

婚約は、しばらくこのままでいることにした。
自分の中で、まだ結論が出ないから。
きみに会わずに、結論なんか、出るはずがないから。
だから彼女に話して、ここに来たんだ。

俺もあれから、考えた。
真実の仕合せって、なんなのか。

もしきみが、このまま永遠に目覚めなかったとしたら——。

それを覚悟で、それでも俺は、きみを愛し続けられるのだろうか。


自信がなかった、つい、さっきまで。

きみの顔を、見るまでは。

不思議だね、こうしていると、きみの顔を見ているだけで、胸の中が温かくなる。

あの頃のように、きみに話したいことが、泉のように溢れてくる。


いつだって、厭《あ》きずにずっと、聞いてくれたね。

俺のこと、いつだって迎え入れてくれたよね。

俺はだから、きみが大好きだったんだ。


「……秀一」

キスがしたい。

きみに触れたい。——温もりを、確かめたい。

触れてもいい？

許してくれる?

閉じたまぶたに、口唇を寄せた。

それだけで、胸が震えた。

――わかったよ。

このままでいい。

きみが生きているだけで。

「秀一……」

一度では、とても語り尽くせない。

いろんなことが、あったから。

「でも最初はやっぱり、ごめんね、だよな」

なにも知らずに、あまりになんにも知らなくて、きみをきっと苦しめた。

昔も、今も、俺の存在は、きみにとって、酷《ひど》いことばかりなのかもしれない。

それでも――。

乙哉はずっと握りしめていた、手のひらを開いた。

小さなまあるい貝殻のボタン。

「これね、持ってると、とっても大切な探し物が絶対にみつかる、魔法のボタンなんだよ」

現に俺は、きみをみつけた。

「秀一に、あげるね」

柔らかな彼の手に、そっと握らせる。


きみの一番大切なものって、なんだろう？

それは俺ではないかもしれない。

けれど、

「虫の良い願いだとわかってるけど、秀一」

今度はきみが、俺をみつけて……？

どうか、俺の元へ戻ってきて。

「また来るね」

……いいよね？

未練を残し、残しながら遠去《ざ》かる、足音。
穏やかな静寂が、再び室内を満たしてゆく。
遠いどこかで、風が揺れる、光も、揺れた。
「……お、とやくん？」
触れるだけで消えてしまった懐かしい温もりを、追いかけて、……目を開けた。
そして。
長い夢が、終わりを告げる。

ごとうしのぶ作品リスト

《タクミくんシリーズ》

注：作品中の“月”は、何月時かを示しています

	作品名	収録文庫名	初出年月
《2年生》4月	そして春風にささやいて	そして春風にささやいて	1985.7
〃	てのひらの雪	カリフラワードリーム	1989.12
〃	FINAL	Sincerely…	1993.5
5月	若きギイくんへの悩み	そして春風にささやいて	1985.12
〃	それらすべて愛しき日々	そして春風にささやいて	1987.12
〃	決心	オープニングは華やかに	1993.5
〃	セカンド・ポジション	オープニングは華やかに	1994.5
6月	June Pride	そして春風にささやいて	1986.9
〃	BROWN	そして春風にささやいて	1989.12
7月	裸足のワルツ	カリフラワードリーム	1987.8
〃	右腕	カリフラワードリーム	1989.12
〃	七月七日のミラクル	緑のゆびさき	1994.7
8月	CANON	CANON	1989.3
〃	夏の序章	CANON	1991.12
〃	FAREWELL	FAREWELL	1991.12
〃	Come On A My House	緑のゆびさき	1994.12
9月	カリフラワードリーム	カリフラワードリーム	1990.4
〃	告白	虹色の硝子	1988.12
〃	夏の宿題	オープニングは華やかに	1994.1
〃	夢の後先	美貌のディテイル	1996.11
〃	夢の途中	ルビープレミアムセレクション「夢の後先」特典付録	2001.9
〃	Steady	彼と月との距離	2000.3

10月	嘘つきな口元	緑のゆびさき	1996.8
〃	季節はずれのカイダン	（非掲載）	1984.10
〃	〃（オリジナル改訂版）	FAREWELL	1988.5
11月	虹色の硝子	虹色の硝子	1988.5
〃	恋文	恋文	1991.2
12月	One Night,One Knight.	恋文	1987.10
〃	ギイがサンタになる夜は	恋文	1987.7
〃	Silent Night	虹色の硝子	1989.8
1月	オープニングは華やかに	オープニングは華やかに	1984.4
〃	Sincerely…	Sincerely…	1995.1
〃	My Dear…	緑のゆびさき	1996.12
2月	バレンタイン ラプソディ	バレンタイン ラプソディ	1990.4
〃	バレンタイン ルーレット	バレンタイン ラプソディ	1995.8
3月	弥生　三月　春の宵	バレンタイン ラプソディ	1993.12
〃	約束の海の下で	バレンタイン ラプソディ	1993.9
〃	まどろみのKiss	美貌のディテイル	1997.8
番外編	凶作	FAREWELL	1987.10
〃	天国へ行こう	カリフラワードリーム	1991.8
〃	イヴの贈り物	オープニングは華やかに	1993.12
《3年生》 4月	美貌のディテイル	美貌のディテイル	1997.7
〃	jealousy	美貌のディテイル	1997.9
〃	after jealousy	緑のゆびさき	1999.1
〃	緑のゆびさき	緑のゆびさき	1999.1
〃	花散る夜にきみを想えば	花散る夜にきみを想えば	2000.1
〃	ストレス	彼と月との距離	2000.3/5
〃	告白のルール	彼と月との距離	2001.1
〃	恋するリンリン	彼と月との距離	2001.1
〃	彼と月との距離	彼と月との距離	2001.1
5月	ROSA	Pure	2001.5

6月	あの、晴れた青空	花散る夜にきみを想えば	1997.11
7月	Pure	Pure	2001.12
8月	デートのセオリー	フェアリーテイル	2002.12
〃	フェアリーテイル	フェアリーテイル	2002.12
〃	夢路より	フェアリーテイル	2002.12

その他の作品

作品名	収録文庫名	初出年月
通り過ぎた季節	通り過ぎた季節	1987.8
予感	ロレックスに口づけを	1989.12
ロレックスに口づけを	ロレックスに口づけを	1990.8
わからずやの恋人	わからずやの恋人	1992.3
天性のジゴロ	——	1993.10
愛しさの構図	通り過ぎた季節	1994.12
ささやかな欲望	ささやかな欲望	1994.12
LOVE ME	——	1995.5
Primo	ささやかな欲望	1995.8
Mon Chéri	ささやかな欲望	1997.8
Ma Chérie	ささやかな欲望	1997.8

KADOKAWA RUBY BUNKO
タクミくんシリーズ
フェアリーテイル
おとぎ話《ばなし》
ごとうしのぶ

角川ルビー文庫 R10-16　　12732

平成14年12月1日　初版発行

発行者——井上伸一郎
発行所——株式会社角川書店
東京都千代田区富士見2-13-3
電話/編集(03)3238-8697
営業(03)3238-8521
〒102-8177 振替00130-9-195208
印刷所——旭印刷　製本所——コオトブックライン
装幀者——鈴木洋介

ISBN4-04-433619-9　C0193　定価はカバーに明記してあります。

KADOKAWA RUBY BUNKO

R

角川ルビー文庫

いつも「ルビー文庫」を
ご愛読いただきありがとうございます。
今回の作品はいかがでしたか?
ぜひ、ご感想をお寄せください。

〈ファンレターのあて先〉

〒102-8177 東京都千代田区富士見2-13-3
角川書店 アニメ・コミック編集部気付
「ごとうしのぶ先生」係